# 도스토옙스키의 명장면 *200*

# 도스토옙스키의 명장면 200

석영중 지음

**일러두기**
이 책에서 소개하는 도스토옙스키의 소설은 열린책들에서 출간한 전집을 토대로 했다. 외국어 표기법은 국립국어원의 외래어 표기법에 맞게 수정했다. 가독성 제고를 위해 일부 표현을 수정한 부분도 있다.

이 책은 실로 꿰매어 제본하는 정통적인 사철 방식으로 만들어졌습니다.
사철 방식으로 제본된 책은 오랫동안 보관해도 손상되지 않습니다.

# 머리말

올해는 러시아 대문호 표도르 미하일로비치 도스토옙스키가 태어난 지 꼭 2백 주년 되는 해이다. 러시아 국내외에서 그의 탄생을 축하하는 다양한 기념행사가 성대하게 치러질 예정이었지만 팬데믹 상황으로 인해 많이 축소되었다. 나는 오랫동안 고려대학교에서 도스토옙스키 강의를 해왔으며 책도 몇 권 썼다. 개인적으로도 이른바 〈열혈 독자〉를 자처해 온 터라 나름대로 2백 주년 축하 행사에 참여해 어떤 식으로든 물적인 〈도장〉을 찍고 싶었다. 그래서 이 책을 쓰게 되었다.

가끔 따뜻한 글을 접할 때가 있다. 마음이 따뜻해지는 글, 글쓴이의 따뜻한 시선이 느껴지는 글. 그런 글들을 보면 부러워진다. 나도 그런 글을 쓰고 싶어진다. 인문학에 오랫동안 투신해 온 사람이라면 누구라도 그럴 것이다. 그러나 도스토옙스키 전문가에게 그런 글은 언감생심 꿈도 꾸기 어렵다. 도스토옙스키에 관해 예리한 글, 심오한 글, 웃기는 글, 심지어 무서운 글은 쓸 수 있을지언정 따뜻한 글은 절대 못 쓴다. 그의 치열함을 따뜻함으로 바꾼다는 것은 어불성설이다. 그러나 돌이켜 보면 나는 다른 어떤 책에서보다 그의 소설에서, 그 치열함에서 많은 위로를 받았다. 그 치열함 맨 밑바닥에 있는 삶에 대한 사랑에서 힘을 얻곤 했다. 그렇다면 꼭 부드럽고 따뜻한 책은 아니더라도 그에게서 받은 〈힘〉을 공유하는 책은 쓸 수 있지 않을까. 문학은 실용서나 철학서와는 아주 다른 방식으로 우리가 삶을 끌어안을 수 있도록, 세상을 좀 더 잘 이해하도록 도와준다.

나는 개인적으로 〈왜 ○○인가?〉(왜 문학인가? 왜 인문학인가? 왜 고전인가? 왜 도스토옙스키인가? 등등) 같은 질문을 좋아하지 않는다. 그런 질문을 받으면 즉각적으로 내 안에 있지도 않은 〈논객스러운〉 어법을 찾느라 방어적이고 공격적인 사람으로 돌변하기 때문이다. 내가 굳이 장황하게 설명을 늘어놓으며 문학이나 도스토옙스키의 홍보 대사 역을 해야 할 필요는 없지 않은가. 물론 가끔씩 〈나는 왜 이렇게까지 도스토옙스키를 좋아할까〉라고 자문을 해보기는 한다. 그런데 이 질문에 대해서도 답은 잘 찾아지지 않는다. 왜 그렇게 좋으냐고 누군가 집요하게 따지고 든다면 그냥 도스토옙스키를 한번 읽어 보라는 답 말고는 할 수가 없다.

위대한 소설에서 이런저런 대목을 뽑아내서 정리한다는 것은 위험천만한 일이다. 아니 조금 더 단호하게 말하자면 연구자가 해서는 안 되는 일이다. 소설은 전체로 읽어야 한다. 『안나 카레니나』를 요약해 달라니까 처음부터 끝까지 다시 써야 한다던 톨스토이 말이 옳다. 그러나 그렇다고 해서 모든 사람이 도스토옙스키 전집을 읽을 수는 없는 노릇이다. 게다가 올해는 그의 탄생 2백 주년 아닌가. 이런 특별한 경우에는 약간의 예외도 허락되어야 한다. 그래서 위험한 일인 줄 알면서도 2백 개의 대사와 장면을 조심스럽게 추려 보았다. 대문호의 탄생 2백 주년을 축하하는 행사로 그를 직접 읽는 경험의 공유만 한 게 또 어디 있겠는가.

그동안 도스토옙스키를 많이 읽었고 분석도 많이 했기에 비교적 간단한 작업이라 생각하고 덥석 시작했는데, 웬걸, 이 책의 집필은 내가 이제까지 했던 일 중 가장 어려운 일이 되고 말았다. 고르는 것도 힘들었고 분류하는 것도 힘들었다. 도스토옙스키 작품 세계를 대표하는 대목도 고르고, 무언가 의미를 전달하는 대목도 고르고, 의미를 떠나 문장 자체가 멋진 대목도 골랐다. 읽으면서 생각으로 빠져들었던 대목, 하염없이 눈물을 흘렸던 대목도 골랐다. 그러다 보니 추려 놓은 대목이 3백 개가 훨씬 넘었다. 2백 개로 맞추기 위해 기껏 골라 놓은 소중한 대목들을 휴지통으로 옮길 때는 가슴이 미어졌다. 그러나 무엇보다도 어려웠던 것은 각 대목에 한두 마디 내 생각을 덧붙이는 일이었다. 대부분의 경우 거장의 말에 사족을 다는 듯한 기분이 들어 썼다 지웠다를 반복했다. 확실히 맥락에서 뚝 떼어 낸 대사와 장면을 설명하거나 해설하면 소설을 읽을 때의 감동은 잘 전달되지 않는다. 이상하게 단순하고 나이브하게 들린다. 결국 지리멸렬하고 중언부언하는 부분을 다 잘라 냈더니 남은 글이 별로 없다.

이 책은 열린책들의 도스토옙스키 전집이 없었더라면 도저히 쓸 수 없었을 책이다. 새삼 전집의 존재에 고마운 생각이 많이 들었다. 홍지웅 사장님의 변함없는 도스토엡스키 사랑에 경의를 표한다. 여러 모로 집필을 지원하고 배려해 주신 김영준 편집 이사님, 언제나처럼 너무나도 철저하고 꼼꼼하게 원고를 검토해 준 박지혜 선생에게도 깊이 감사드린다. 지난 40일 동안 온갖 어려운 상황에도 불구하고 끝까지 함께 작업해 준 고려대학교 노어노문학과 이선영 선생의 헌신적인 도움에 진심으로 감사한다.

    언제나 곁에서 지지하고 응원해 주는 남편 김동욱 교수와 아들 세희에게 감사와 사랑을 전한다.

2021년 8월 31일
석영중

# 차례

# 서문을 대신하여
## 광야의 도스토옙스키*

2016년 4월 23일 토요일, 모스크바의 새벽이 서서히 밝아 왔다. 전날 밤 내린 비로 차도와 보도는 군데군데 젖어 있었고 공기는 맑고 신선했다. 레프 톨스토이 거리의 성 니콜라이 성당 앞에는 머리에 스카프를 두른 러시아 부인들이 삼삼오오 모여 있었다. 대략 50대에서 60대로 보였다. 우리는 대기 중이던 20인승 미니버스에 올라탔다. 우리까지 포함해 정확하게 스무 명의 여성 순례객을 태운 버스는 곧 출발했다. 홍지인 선생, 이명현 선생, 두 제자와 함께하는 옵티나 푸스틴 수도원 순례는 이렇게 시작되었다.

모스크바에서 남서쪽으로 약 180킬로미터 떨어진 칼루가현 허허벌판에 세워진 옵티나 수도원은 18세기 말까지는 그냥 고만고만한 〈광야 수도원〉 중의 하나였다. 그러나 19세기 초, 수년간 광야에서 은둔 생활을 한 〈푸스틴니키*pustynniki*〉라는 은수자(隱修者)들이 모여들면서 이곳은 러시아 영성의 요지이자 신학의 중심지가 되었다. 도스토옙스키, 고골, 톨스토이 등 수많은 지식인들이 피정을 위해, 혹은 장로와의 개인 면담을 위해 이곳을 찾

* 이 글은 원래 김현택 외 지음, 『대륙의 미학 역설의 시학 — 러시아와 함께한 우리들의 30년』(서울: 삼인, 2020)에 실렸던 본인의 에세이를 약간 수정한 것이다. 개별 출간을 허락해 주신 김현택 교수님과 도서출판 삼인에 깊이 감사드린다.

왔다.

　도스토옙스키가 수도원을 방문한 데는 가슴 아픈 사연이 있다. 1878년 5월 16일 도스토옙스키의 세 살배기 아들 알료샤가 사망했다. 사인은 아버지한테서 이어받은 간질병이었다. 막내를 유난히 사랑했던 도스토옙스키는 가슴이 끊어지는 듯한 고통의 늪에서 도저히 벗어날 수 없어 옵티나 수도원을 방문했다. 당시 러시아 전역에 그 성덕이 알려져 있던 암브로시 장로를 만나기 위해서였다. 도스토옙스키는 수도원에서 이틀 밤을 묵으며 암브로시 장로와 세 번의 만남을 가졌다. 한 번은 밀집한 군중들 틈에서 만났고, 두 번은 독대를 했다. 그는 장로에게서 깊은 감동과 위안을 얻었다. 알료샤의 죽음과 수도원 방문, 그리고 장로와의 면담은 도스토옙스키의 삶에 지워지지 않는 흔적을 남겼고, 그 흔적은 소설 『카라마조프 씨네 형제들』로 고스란히 이전되었다. 죽은 세 살배기 아들 알료샤는 소설의 주인공으로 다시 태어났고, 옵티나 수도원은 소설의 주요 배경으로 들어왔으며, 암브로시 장로는 조시마 장로로 환생하여 소설의 전면에 배치되었다. 한마디로, 옵티나 수도원은 현실과 허구가 만나고 대문호의 삶과 문학과 신앙이 하나로 녹아드는 특수한 공간이라 할 수 있다.

　도스토옙스키는 내게 좋아하는 작가 그 이상이다. 돌이켜 보면 도스토옙스키와 나는 운명과도 같은 어떤 기이한 힘에 의해 엮어졌다는 생각이 든다. 운명이라니까 다소 신파조로 들리지만 그 밖의 다른 단어는 떠오르지 않는다. 1977년 3월은 유난히 쌀쌀했었다. 옷깃 사이로 스며드는 바람은 한겨울 삭풍보다 매서웠다. 고려대학교는 그해 처음으로 계열별 모집을 시행했다. 요즘 식으로 치자면 〈학부제〉와 같은 제도다. 문과 대학은 어문 계열과 인문 계열로 나뉘어 있었고 신입생은 3학년 진급 시에 전공을 결정하도록 되어 있었다. 또 한 가지, 그해에 고려대학교는 모든 대학 중 유일하게 〈특별 전형〉 제도를 도입했다. 본고사 전에 미리 예비고사(오늘날의 수능) 성적만으로 우수한 학생을 선발하는 제도였다. 나는 특별 전형으로 문과 대학 어문 계열에 합격했다. 이렇다 할 목표가 있었던 것은 아니고 당시 여학생들 사이에서는 영문과가 소위 인기 학과였으므로 나도 막연히 2년 뒤 에는 영문학을 전공하겠다는 생각을 품고 있었던 것 같다. 고등학교 시절 책 읽기를 좋아했던 것은 사실이지만 그것이 꼭 전공을 결정해 준 요인은 아니었다. 인터넷도 없고 핸드폰도 없다 보니 거의 모든 학생이 독서를 취미로 삼고 거의 모든 학생이 자타가 공인하는 문학소녀, 문학소년이던 시절이었다. 나는 공부 좀 한다는 대부분의 여학생들처럼 그렇게 대학에 들어와 그렇게 진로를 결정했다.

그런데 사소한 문제가 내 장래를 바꾸어 놓았다. 제2외국어로 교양 불어를 신청했는데, 강의실이 언제나 만원이었다. 강의실에 뒷문이 없다는 것은 치명적이었다. 지각이라도 할라치면 교수님의 따가운 눈길을 받으며 맨 뒤 자석으로 기신기신 들어가야 했다. 나는 결국 〈텅텅

문학을 걷다

비었다)고 소문 난 교양 러시아어 수업으로 수강 과목을 정정했다.

그런 나에게 처음 들어간 러시아어 수업은 경이 그 자체였다. 오, 러시아어여! 영어 알파벳을 뒤집어 놓은 듯한 그 절묘한 실루엣에 나는 완전히 매혹되었다. 첫 수업부터 러시아어는 그때까지 내가 쌓아 왔던 모든 이성과 감성과 상상력의 성을 송두리째 뒤흔들어 놓았다. 영어와 프랑스어가 외국어의 전부인 줄 알았던 나에게 러시아어가 열어 보인 세상은 너무도 이국적이고 너무도 황홀했다. 러시아어의 소리는 그때까지 내가 들어왔던 그 어떤 음악보다 강렬했다. 스트라빈스키의 「봄의 제전」을 인간의 음성으로 옮겨 놓은 듯한 그 소리들에는 이른 봄 얼어붙은 땅을 뚫고 솟구쳐 오르는 원초적인 생명력이 있었고, 극도로 거친 야성의 힘과 어린애 같은 천진함이 교묘하게 뒤섞여 있었다. 나는 첫 시간에 러시아어의 모양과 소리에 완전히 취한 채 비틀거리며 강의실을 나섰다.

그때부터 나는 주술에 걸린 듯이 러시아어를 공부했다. 교재라고는 신아사에서 나온 『기초 러시아어』가 전부였고, 사전도 없어 옥스퍼드 노영 사전을 사용해야 했지만 그런 건 아무 문제도 아니었다. 나는 단숨에 알파벳을 깨쳤고, 문법을 공부했으며, 동사 변화와 명사 어미를 미친 듯이 암기했다. 두 달 뒤, 나는 간단한 러시아어 문장을 말할 수 있게 되었다. 러시아어는 언어 자체가 시였다. 〈날씨가 정말 좋습니다〉 같은 산문적인 문장까지도

러시아어로 말하면 시가 되었다. 〈카카야 자미차첼리나야 파고다!〉

그러던 어느 날 드디어 내 삶에 도스토옙스키가 등장했다. 러시아어에 푹 빠져서 한 학기를 보낸 뒤 나는 러시아 소설을 읽기 시작했다. 여름 방학이 시작될 무렵이었던 것으로 기억된다. 창밖에 비가 주룩주룩 내리는 무더운 여름날 텅 빈 도서관에 홀로 앉아 『죄와 벌』을 읽었다. 그 감동을 언어로는 표현하기 어렵다. 아직 어렸던 내가 그 깊은 의미를 다 이해했을 리 없다. 그런데도 한순간에 갑자기 인생의 비밀이라도 알게 된 것 같은 그런 느낌이 들었다. 무엇 때문인지 자꾸만 눈물이 났다. 특히 소냐가 〈라자로의 부활〉을 낭송하는 대목에서는 더 이상 독서를 지속할 수가 없어 책장을 덮고 그냥 눈물만 줄줄 흘렸다. 나는 가끔씩 도스토옙스키가 바로 그날, 장맛비 냄새가 배인 눅눅한 고려대학교 도서관으로 나를 찾아왔었던 게 아닌가 하고 다소 소설적인 상상을 해본다. 아무튼 그때 이후 나는 정음사에서 출간된 도스토옙스키 전집을 독파했고, 1년 반 뒤 아무런 망설임도 없이 러시아 문학을 전공으로 택했다.

인생의 매 고비마다 나는 도스토옙스키를 읽었고 그에게서 희망을 발견했고 그에게서 삶의 지침을 얻었다. 그러므로 어느 시점 이후부터는 그를 연구한다기보다는 그에게서 배운다는 생각이 앞섰고, 더 이후에는 배운 데 대한 보답으로 예를 갖추어야 한다는 생각이 더 앞섰다. 조금 통속적으로 말한다면 나는 〈인생에서 알아야 할 모든 것을 도스토옙스키한테서 배웠다). 도스토옙스키에 관해 책을 쓰고 논문을 쓰는 것이야 연구자 본연의 일이라 할 수 있겠지만, 2014년부터 2018년까지 도스토옙스키의 족적을 찾아 러시아, 카자흐스탄, 독일, 영국, 프랑스, 이탈리아, 체코, 오스트리아, 스위스를 둘러본 것은 거의 순례에 가까웠다. 2018년에는 그 여행기를 토대로 꼬박 1년 동안 『중앙선데이』에 매주 주말 총 48회에 걸쳐 작가론과 평론과 수필을 뒤섞은 여행기 『매핑 도스토옙스키』를 연재했고 이듬해에는 그것을 모두 엮어 동명의 저술(열린책들)로 출간했다. 이 책의 콘텐츠는 2020년 6월 1일부터 약 한 달 반 동안 KBS 제3라디오 「라디오 여행기」에서 아침 7시 40분부터 8시까지 오디오북으로 방송되었다. 2021년 5월에는 EBS에서 이 책을 토대로 15회에 걸친 도스토옙스키 강연을 방송했다. 대문호에게 바치는 나의 작은 헌정이라는 생각이 들어 조금 흐뭇했다.

내 성격이나 취향의 어떤 점 때문에 도스토옙스키를 좋아하게 된 것인지, 아니면 도스토옙스키를 좋아하다 보니 내 성격이나 취향이 지금처럼 굳어지게 된 것인지는 알 도리가 없다. 그러나 도스토옙스키의 이른바 〈광팬〉이 되는 바람에 내 인생의, 특히 독서 생활의 한 부분이 조금 정도에서 벗어난 게 아닌가 하는 생각이 들 때가 있다. 도스토옙스키를 읽고 나면 솔직히 다른 작가는 조금 심심하게 느껴진다. 『카라마조프 씨네 형제들』을 두고 아인슈타인은 자기 손에 들어온 가장 훌륭한 책이라고 격찬했다. 다른 많은 천재 지식인들도 그 작품을 최고의 고전으로 꼽았다. 그러니 도스토옙스키와 『카라마조프가 씨네 형제들』을 척도로 하면 웬만한 작가와 작품은 〈B급〉처럼 느껴질 수밖에 없다. 심지어 괴테, 플로베르, 하디, 스타인벡 같은 대가들까지도 나에게는 따분하기만 했다. 문학 교수임에도 불구하고 나의 독서 반경이 의외로 넓지가 못한 것은 바로 이 때문이다.

　애기가 너무 곁가지로 흘렀다. 아무튼 이런 사정이다 보니 도스토옙스키의 인생과 문학이 수렴하는 옵티나 수도원 방문은 내 인생의 목표처럼 되어 버렸다. 그러나 외국인인 내가 잠시 러시아를 방문해서 내륙의 광야 수도원을 방문하는 것은 만만한 일이 아니었다. 교통도 숙박도 모두 문제였다. 러시아에 오랫동안 거주해 온 홍지인 선생이 아니었더라면 나는 결코 그곳에 가지 못했을 것이다. 이리저리 방도를 모색하던 홍선생은 수도원 순례만 전문으로 하는 〈라도네즈(www.radonez.ru)〉라는 여행사를 물색해서 담당자와 몇 차례 교신했다. 우리는 홍선생의 노력 덕분에 성지 주일에 옵티나 수도원을 방문하는 러시아 정교 순례단에 합류했다. 교통, 식사, 수도원 답사를 모두 포함한 가격이 2천8백 루블(우리 돈 약 5만원)이었다. 여행사 측에서는 이런 외진 수도원 순례를 원하는 외국인은 처음이었던지 적잖이 당황해하며 우리의 〈정체〉에 관해 꼬치꼬치 캐물었다. 홍선생은 현명하게도 〈믿는 사람들veruiushchie〉이라고 답변했고, 그것이 통했던지 우리는 마침내 미니버스에 몸을 실을 수 있었다.

낡고 비좁은 버스는 중부 러시아의 초원을 달리고 또 달렸다. 흔들리는 버스에 옆 좌석 사람과 꼭 끼어 앉아 있으려니 피곤이 몰려왔다. 그러나 마이크를 쥔 인솔자 아주머니가 너무나도 열심히 설명을 하는 바람에 단 1분도 눈을 붙이지 못했다. 그녀는 구약 성서와 신약 성서를 종횡무진 해설하다가 그것이 따분해지면 무엇이건 보이는 대로 공략했다. 성당이 보이면 그 성당에 관해, 거리 표지판이 보이면 그 거리에 관해, 새가 보이면 새에 관해, 구름이 보이면 구름에 관해 설명했다. 아무것도 안 보이면 아무것도 안 보이는 것에 관해 설명했다. 목적지에 도착할 때까지 정말 단 한 순간도 침묵하지 않았다. 내 경험으로 러시아에서 여행을 할 경우 가장 기억에 남는 것은 가이드의 달변이다. 소규모 답사이건 대규모 패키지 여행이건 가이드들은 해당 주제에 대한 완벽한 지식으로 무장하고서 쉴 새 없이 떠들었다. 그러나 옵티나 순례의 인솔자는 이 모든 가이드들을 다 합친 것보다도 한 수 위였다. 17세기 러시아의 이른바 〈열성 신도파〉가 21세기에 환생한 것 같았다. 이어폰을 안 가지고 온 것이 매우 후회스러웠다.

아주머니의 범우주적인 설명을 귓전으로 흘려들으며 창밖을 멍하니 바라보았다. 자작나무 숲, 전나무 숲, 소나무 숲이 교대로 이어진다. 가끔 집도 보이고 전선과 전신주가 보이지만 기본적으로 지상의 풍경은 매우 단조롭다. 그러나 하늘은 변화무쌍하다. 높고 푸른 창공에 기기묘묘한 형태의 뭉게구름이 나타나는가 싶더니 어느덧 검은색의 솜털 같은 구름이 장막처럼 펼쳐진다. 모스크바 주 경계를 지나 칼루가주로 들어가 남서쪽으로 한 세 시간 반 정도 달렸더니 멀리 새파란 지붕이 보인다. 유명한 수도원이나 성소에 도착하면 으레 주변에 있기 마련인 가게, 기념품 숍이 없어 분위기가 무척 깔끔하다. 그러나 최근 전면적으로 복원된지라 오래된 수도원이 내뿜는 고색창연한 카리스마는 별로 없다. 약간은 실망스럽다.

일행과 함께 순례자 식당에 들어갔다. 중년의 러시아 부인들로 구성된 우리 순례단원들은 모두 고상하고 경건하고 선량했다. 그들은 우리에게 무척 친절했고 기회만 닿으면 무엇이든 도와주고 싶어 했다. 건더기가 거의 없는 야채수프와 빵과 죽이 나왔다. 갑자기 어디선가 식사 당번인 듯한 건장한 수도사가 등장하여 약간은 위압적인 큰 소리로 식전 기도를 선창하자 순례자들이 따라했다. 우리는 잔뜩 주눅이 들어 옆 사람을 곁눈질해 가며 우물우물 따라 했다. 식전 기도 못지않게 우렁찬 식후 기도로 식사를 마무리하고서 순례단 일행은 수도원 경내로 들어가 답사를 시작했다. 순례단 담당 사제는 훤칠한 키에 이목구비가 번듯한 수도사였다. 그가 가이드 역할을 하면서 수도원 곳곳을 설명해 주겠거니 생각했는데 그게 전혀 아니었다. 그는 수도원 마당에 순례자들을 세워 놓고 야외 강론을 했다. 4월이었지만 체감 온도는 영하 10도 정도 되었고 유명한 러시아 내륙의 칼바람이 두툼한 패딩 코트 사이를 후벼 파고 들어왔다. 강론은 끝없이 이어졌고 중간중간 알아듣기 어려운 대목도 많았다. 위장까지 얼어붙는 느낌과 함께 이대로 서 있다가는 필경 의식을 잃게 될지도 모른다는 무서운 생각이 들어 부랴부랴 근처 성물 보급소로 피신했다. 잠시 후 이명현 선생도 얼굴이 시퍼렇게 되어 성물 보급소로 뛰어 들어왔다. 우리 두 사람이 난방이 되는 따스한 성물 보급소에서 유유히 쇼핑을 즐기고 있는 동안 홍지인 선생을 포함한 다른 모든 순례객들은 꼿꼿하게 서서 장렬하게 두 시간 남짓한 야외 강론을 다 소화했다.

답사가 끝나고 우리는 일행과 함께 〈순례자 호텔〉이라는 이름의 허름한 숙소에 들었다. 비좁고 열악한 방이지만 이부자리는 청결했다. 세제 냄새가 풍기는 깨끗한 수건도 1인당 한 장씩 주었다. 다음 날이 성지 주일이라 일행들은 그날 저녁 미사에 참례하고 판공성사를 본다고 했다. 우리는 과감하게 일정을 건너뛰고 코졸스크 읍내로 갔다. 하루 종일 먹은 게 거의 없던 터라 〈집밥〉이라 쓰여진 식당에 들어가 러시아 국수를 허겁지겁 먹었다. 호텔로 돌아가기 위해 택시를 잡았는데 기사가 너무 멋쟁이라 놀라웠다. 딱 붙는 청바지와 가죽 재킷을 입은 50대 중반의 여성 기사는 스모키 눈 화장에 보라색 립스틱을 바르고 있어 관록 있는 힙합 가수처럼 보였다. 그녀는 동거남인 듯한 남자와 연신 전화 통화를 했다. 그녀의 목에 걸린 큼지막한 은 십자가와 귓바퀴에 박힌 여러 개의 피어싱이 오랫동안 기억에 남았다. 숙소에 돌아와 우리는 조금 수다를 떤 뒤에 자리에 누웠다. 왠지 큼지막한 곤충과 그보다 더 큰 생명체가 출몰할지 모른다는 생각이 들어 두 눈을 부릅뜨고 침대 속에 들어갔지만 고단한 몸은 곧바로 수면의 나락으로 떨어졌다.

다음 날, 우리는 새벽 6시 40분에 일행과 로비에서 만나 수도원으로 이동했다. 우리 일행뿐 아니라 무수히 많은 순례객들과 인근에 사는 일반 신도들이 수도원 대성당으로 속속 모여들었다. 대부분이 두꺼운 외투에 스카프를 두르고 있었다. 7시에 성지 주일 미사가 시작될 즈음 성당은 발 디딜 틈도 없이 신도들로 꽉 들어찼다. 어두운 성당 안에서 소용돌이치는 짙은 향냄새와 연기, 너울거리는 촛불 그림자, 찬란하게 번쩍이는 사제의 제의, 천상의 노래처럼 들리는 성가, 고답적인 교회 슬라브어, 신자들이 손에 쥐고 있던 성지가지(베르바)……. 거룩하고 성스러운 분위기임에도 불구하고 너무나 낯설어서 그런지 감정 이입은 되지 않았다. 나는 경이로운 눈으로 두 시간 넘게 계속된 미사 전례를 〈관람〉했다.

성당에서 나와 수도원 경내를 산책했다. 종소리가 청정한 대기를 가르며 울려 퍼졌다. 순례단과 수도원 식당에서 점심을 먹고 오후 늦게 귀경길에 오르는 일정을 생각하니 마이크를 쥔 인솔자 아주머니의 모습이 자꾸만 연상되었다. 이 궁리 저 궁리 하던 차에 마침 수도원 앞에서 2시에 떠나는 시외버스가 있기에 우리는 재빨리 표를 샀다. 인솔자 아주머니에게 도스토옙스키 족적을 찾는 여행이었노라고 이실직고하고 작별 인사를 했다. 아주머니는 진작에 그렇게 얘기하지 그랬냐며 만면에 미소를 띄었다. 그러더니 즉각 예의 그 〈설명 모드〉로 전환하여 도스토옙스키에 대한 설명을 시작하려 했다. 우리는 손사래를 치며 사의를 표하고 일행과 얼른 헤어졌다. 버스 출발 시간까지 여유가 조금 있기에 매표소에서 파는 천 원짜리 커다란 러시아 파이를 사 가지고 벤치에 앉아 한입 베어 물었다. 파이 조각이 목구멍을 넘어가기도 전에 멀리 창공을 선회하던 비둘기 떼가 냄새를 맡고는 벤치를 향해 쏜살같이 날아왔다. 우리는 외마디 비명과 함께 파이를 내동댕이치고 혼비백산하여 뿔뿔이 도망쳤다. 버스는 우리나라 60년대 시외버스 같았다. 해 질 무렵 모스크바 남쪽 끝자락에 있는 터미널에 도착하니 〈문명 세계로 귀환〉한 느낌이었다. 이렇게 우리의 순례는 무사히 마무리되었다.

도스토옙스키와 그리스도교 영성의 접점을 물리적으로 찾아본 경험은 한동안 나의 뇌리에 눌어붙어 있었다. 나는 도대체 무엇을 보고 온 것인가. 무엇이 이 여행을 나에게 〈인생 여행〉으로 남게 했는가. 수도원 공간 그 자체는 크게 감동적이지 않았다. 성지 주일 미사의 그 장엄함도 옵티나 방문의 핵심은 아니었다. 나는 어쩌면 러시아를 보고 온 것인지도 몰랐다. 검은 스카프를 머리에 두른 아주머니들은 『카라마조프 씨네 형제들』 제2권의 제3장 「신앙심이 깊은 아낙네」의 인물들이 소설의 경계를 뚫고 나온 것처럼 보였다. 도스토옙스키가 왜 〈러시아적임〉의 완벽한 구현인 최후의 대작 『카라마조프 씨네 형제들』 초반부에 「신앙심이 깊은 아낙네들」이라는 챕터를 집어넣었는지 알 것 같았다. 천 년 동안 이어져 내려

온 어떤 것, 그것을 체화한 러시아 여성들, 그녀들은 19세기 소설 속에서, 20세기 역사 속에서, 그리고 21세기 현실 속에서 끝없이 되살아났다. 강인하고 선하고 겸손한 부인들은 마리야이자 아쿨카이자 소냐이자 리자베타였다. 그들이 러시아의 전부는 아니지만 러시아의 어떤 부분, 면면이 이어져 내려오는 어떤 불사의 정신을 대변하는 것만은 틀림없을 것 같다. 러시아 문학으로 연결된 나, 이명현 선생, 홍지인 선생이 바로 그 러시아 문학에, 러시아적인 정신에 잠시나마 속해 있었다는 것, 러시아 여성들과 같은 공간을 점했었다는 것이 어쩌면 이 여행의 가장 감동적인 부분인지도 모르겠다.

더불어, 러시아 정교 전례의 그 유명한 〈고스포디 포밀루이(주여 불쌍히 여기소서)〉의 의미가 조금 더 직관적으로 이해되었다는 사실을 덧붙이고 싶다. 러시아 정교 전례의 성가 부분은 으레 수백 번의 〈주여 불쌍히 여기소서〉를 포함한다. 그래서 러시아인도 아니고 정교 신자도 아닌 사람, 심지어 러시아어를 하나도 못 알아듣는 사람까지도 〈주여 불쌍히 여기소서〉는 기억한다. 나는 그날 그곳 옵티나 수도원에서 수천 번 〈주여 불쌍히 여기소서〉를 들었다. 그날의 전례 전체, 아니 도스토옙스키 문학 전체, 더 나아가 그리스도교 전체가 이것 아닐까 하는 생각이 들었다. 수다스럽고 사람 좋은 인솔자 아주머니, 키 작고 통통한 다른 아주머니, 짙은 눈 화장에 피어싱을 한 택시 기사 아주머니, 그리고 그들과 옷깃이 스쳤던 우리, 주여 우리를 불쌍히 여기소서.

홍지인 선생은 순례단에 등록할 때 우리를 〈믿는 사람들〉이라고 기록했다. 새삼 그 말의 의미가 가슴속을 맴돈다. 러시아 부인들이 믿는 것은 분명해 보였다. 그러면 나는? 미사를 〈관람〉하고 아주머니들을 지켜보고 수도원을 구경한 나는? 나는 무엇을 믿는 것일까? 나는 누구를 믿는 것일까? 나는 〈믿는 사람〉인가? 머릿속이 어지러워 나는 다시 근원으로 돌아온다. 주여 불쌍히 여기소서. 주여, 아직도 뭐가 뭔지 잘 모르는 저를 불쌍히 여기소서.

# 불안

인간의 비극 밑바닥에는 불안이 놓여 있다. 불안은 실수와 죄를 부르고 실수와 죄는 불안을 증폭시킨다. 불안한 인간은 중독에 빠지거나 정신이 분열되거나 거짓으로 일관한 삶을 산다. 과도한 자존심 역시 가슴속 깊은 곳의 불안에서 나온다. 도스토옙스키는 불안의 사회적이고 심리적인 원인과 불안의 구체적인 징후를 깊이 탐색했다. 그러나 단 한 번도 독자에게 불안을 떨쳐 버리라거나, 불안에서 해방되라는 얘기는 한 적이 없다. 불안 치유법 같은 것을 제안한 적도 없다. 불안은 우리 모두가 평생 동안 그림자처럼 데리고 다녀야 하는 삶의 일부이기 때문이다.

# 001

---

바렌카, 도대체 무엇이 날 파멸시키는 걸까요? 나를 파
멸하게 하는 건 돈이 아니라 삶의 이 모든 불안, 이 모든
쑥덕거림, 냉소, 농지거리입니다.

『가난한 사람들』, 8월 5일 편지

불안의 원인 중에서 가장 근원적인 것은 다른 사람의 존재다. 우
리는 언제나 타인의 눈에 비친 내 모습에 전전긍긍한다. 다른 사람의
눈에 비친 자신의 모습을 감당하기 어렵게 될 때 인간은 망상으로 도
피한다. 과대망상도 피해망상도 타인을 과도하게 의식할 때 터져 나
오는 증상이다. 도스토옙스키는 첫 소설에서부터 관계성에서 야기
되는 불안을 파헤쳤다. 극빈자 주인공 마카르를 가장 비참하게 하는
것은 돈의 부족 자체가 아닌 타인의 조롱과 비웃음이다. 물론 타인을
전혀 의식하지 않는 것이 인간이 추구해야 할 일은 아니다. 그것은
두렵고도 부자연스럽다. 그런 사람이야말로 무서운 사람이니 여기
서는 일단 논외로 치자.

---

「내가 아니고 놀랄 정도로 나랑 닮은 누구 다른 사람인 척할까? 그리고 아무 일도 없었던 듯 태연하게 쳐다봐? (······) 그래, 내가 아니야. 나는 내가 아닌 거야.」

『분신』, 제1장

    도스토옙스키의 두 번째 소설 『분신』은 오로지 능력과 지위만이 중요시되는 사회에서 극도의 불안을 견디지 못해 분열되고 붕괴되는 인간을 묘사한다. 인간을 생명이 아닌 성능으로 취급하는 사회에서 인간은 〈격〉을 상실한다. 허세와 자존심이 인격을 대체하고 열등의식은 불안을 동력 삼아 과대망상으로 폭발한다.

# 003

---

끔찍한 밤이었다. 안개 때문에 희뿌연 11월의 눅눅한 밤, 진눈깨비는 내리고 염증, 코감기, 열병, 편도선염, 고열 등 온갖 증상으로 가득한, 한마디로 말해서 페테르부르크시의 11월이 줄 수 있는 선물은 모두 모아 놓은 밤이었다. 바람은 폰탄카강의 시커먼 물을 보도 난간의 연결 고리보다도 더 높이 솟구치게 만들었고, 흐릿한 강둑 가로등들을 신경질적으로 건드리며 텅 빈 거리에서 울부짖었다. 가로등은 가로등대로 바람의 윙윙거리는 소리에 가느다랗고 날카롭게 삐걱삐걱 응수하고 있었다. 이 소리들은 페테르부르크의 모든 주민들에게 아주 익숙한 연주회 같은 것으로, 끊임없이 삑삑거리고 덜그럭거렸다. 눈과 비가 한꺼번에 쏟아졌다. 강풍에 흩날리는 빗줄기들은 마치 소방 호스에서 뿜어져 나오는 물줄기 같았다. 빗줄기는 수천 개의 옷핀과 머리핀이 되어 불행한 골랴킨 씨의 얼굴을 찌르고 때렸다.

『분신』, 제5장

불안한 사람에게는 세상의 모든 것이 적의를 가지고 있는 듯이 여겨진다. 누군가에게는 그냥 매서운 추위에 불과한 러시아의 삭풍이 주인공에게는 일부러 그를 공격해 오는 수천 개의 옷핀처럼 느껴진다. 세상 전체가, 그리고 모든 사람이 그를 망가뜨리려고 담합을 한 것 같다. 우리에게도 때로 이런 날이 있다.

골럇킨 씨는 지금 자기 자신으로부터 도망치고 싶은 것은 물론이거니와 완전히 사라져 버리고 싶었다. 이 세상에 더 이상 존재하지 않고 재가 되어 날아가고만 싶었다. 지금 주위의 그 어떤 것에도 신경을 쓰지 않고 있는 그는 주위에서 무슨 일이 벌어지고 있는지 감각도 없었으며, 악천후의 불쾌한 밤이나, 앞에 놓인 먼 길, 비, 눈, 바람으로 가득한 험한 날씨까지도 사실은 현실이 아닐 거라 생각하며 멍한 시선으로 앞만 바라보았다. (……) 그러다 갑자기 미친 사람처럼 펄쩍 뛰어 뒤도 안 돌아보고 달리고 또 달렸다. 마치 누군가의 추적으로부터, 더 끔찍한 재난으로부터 도망이라도 치듯……. 그의 현실은 정말 끔찍했다……!

『분신』, 제5장

자기 자신으로부터 도망치고 싶다는 생각은 누구나 한다. 돌이킬 수 없는 실수, 어리석은 선택, 기억하기도 싫은 부끄러운 행동……. 이런 것들로부터 도망칠 수 있는 길은 없다. 직시하는 것 외에 다른 선택지가 없다. 직장에서 끔찍한 실수를 저지른 주인공은 도망치고 싶다는 생각만을 하는 것이 아니라 실제로 달리기 시작한다. 생각과 행동의 경계가 무너지는 시점에서 그의 존재는 붕괴의 단계로 진입한다.

골럇킨 씨임에 틀림없는 골럇킨 씨는 수치심과 절망감에 정신을 못 차리고 완전히 파괴되어 눈길 닿는 대로 운명이 지시하는 대로 아무렇게나 달렸다. 하지만 그가 발자국을 뗄 때마다, 그의 발이 보도의 화강암을 칠 때마다 그와 똑같이 닮은, 하지만 마음이 타락하고 혐오스러운 골럇킨 씨들이 땅속에서 솟구치듯 튀어나왔다. 쌍둥이들은 생겨나는 즉시 거위의 행렬처럼 꼬리에 꼬리를 물고 쇠사슬 모양으로 달렸다. 그것은 점점 더 길어져서 큰 골럇킨 씨 뒤를 절뚝거리며 쫓았다. 그에겐 똑같은 자들에서 벗어나 도망갈 곳도 없었다. 가여운 골럇킨 씨는 공포로 인해 숨이 멎을 것만 같았다. 똑같은 사람들이 끝도 없이 생겨났고 마침내 도시는 똑같은 사람들로 꽉 차버렸다.

『분신』, 제10장

꿈속에서 골럇킨이 발자국을 뗄 때마다 그와 꼭 닮은, 혐오스러운 2호들이 땅에서 솟아난다. 그들은 생겨나는 즉시 거위의 행렬처럼 꼬리에 꼬리를 물고 그를 쫓아온다. 그는 비명을 지르며 꿈에서 깨어난다. 그의 분신은 부와 명예와 쾌락을 향한 은밀한 욕망, 열등의식과 굴종, 억압된 자의식과 두려움과 질투와 자기 비하가 만들어 낸 환상이다.

페테르부르크 운하 풍경.
므스티슬라프 도부진스키, 1920년경.

그런데 여러분은 몽상가가 무엇인지 아는가? 그것은 페테르부르크의 악몽이요 구체화된 죄악이자 모든 끔찍한 비극과 모든 참사, 대단원, 그리고 발단과 결말을 가진 말없고 비밀스럽고 음산하고 야만적인 비극인데, 이것은 절대로 농담이 아니다. 당신은 이따금씩 초점을 잃은 눈빛에 창백하고 피로가 누적된 표정의 주의가 산만한 사람, 항상 마치 무언가 끔찍하게 고통스럽고 뭔가 머리가 깨질 것 같은 일에 빠져 있으며 때로는 고통에 전데다가 마치 힘든 노동으로 피곤에 지쳐 있는 듯하지만 실제로는 아무 일도 하지 않는 사람을 만나게 되는데, 그런 사람이 바로 몽상가의 겉모습이다. 몽상가는 대하기가 힘든데, 이는 그가 극단적으로 불균형 상태에 있기 때문이다. 지나치게 명랑하기도 하고, 지나치게 침통하기도 하며, 한없이 거칠다가도 갑자기 주의 깊고 부드럽기도 하며, 이기주의적이었다가도 아주 숭고한 감정을 나타내기도 한다. 직장에서 이런 사람들은 정말 쓸모가 없고 일을 한다고 해도 제대로 할 줄 아는 게 없으며, 기본적으로 일을 안 하는 것만도 못하게 자기 일을 그냥 질질 끌고 간다.

「페테르부르크 연대기」 6월 15일

여기서 묘사되는 몽상가는 사실상 몽상가라기보다는 현대적인 의미에서의 소시오패스에 가깝다. 청년 도스토옙스키는 시대의 불안을 그 누구보다 예리하게 포착했다. 그는 깊은 불안 속에서 이미 자아의 분열이 시작된 인간의 모습을 냉정하고 객관적으로 묘사하고 있다. 놀라운 것은, 〈몽상가〉라는 말이 낭만주의와 동일시되던 시절에 도스토옙스키는 거기서 병적 징후와 범죄의 가능성을 읽어냈다는 사실이다.

그런데 여러분, 당신들은 내 증오심의 주된 원인이 어디에 있었는지 알고 있겠지? 그렇다, 모든 문제는 내가 악하지도 않고 못된 인간이 될 수도 없으며, 내가 자주, 심지어는 가장 화가 났을 때조차도…… 단지 참새들만을 쓸데없이 놀라게 해서 스스로 위안을 받고 있다는 사실을 수치심과 함께 자각한다는 데 있으며, 여기에 바로 가장 추악한 것이 담겨 있다.

『지하로부터의 수기』 제1부 제1장

〈지하 생활자〉라 불리는 주인공은 자기 자신에게 분노하고 있다. 아니, 자기 자신을 거부하는 분노에 시달리고 있다. 많은 경우 우리가 누군가한테 화를 낼 때 우리 내면 깊은 곳에 숨겨져 있는 것은 자신에 대한 분노다. 주인공은 자신의 초라함에, 자신의 나약함에, 자신의 〈아무것도 아님〉에 치를 떨며 분노하고 있다. 여기 깔린 사고를 조금 더 분석해 보면, 그는 자신이 〈무언가〉여야만 하는데 〈아무것도 아니어서〉 화가 나고 불안하다. 그렇다면, 문제는 바로 이 〈무언가여야만 한다〉는 생각 아닌가. 그러나 솔직히, 스스로가 〈무언가여야 한다〉고 생각하지 않는 사람이 있을까.

나는 내 얼굴을 싫어했다. 나는 내 얼굴이 소름 끼치게 생겼다고 생각했고, 심지어 얼굴에 비굴한 표정 같은 것이 있다고까지 의심했다. 이러한 이유로, 나는 직장에 도착할 때마다, 아무도 내게서 노예 같은 표정을 감지할 수 없도록 가능한 한 당당하게 행동하려고 무던히도 애를 썼으며, 내가 할 수 있는 한 많이 고상한 표정을 지으려고 노력했다. 나는 못생긴 대신에 고상하고 인상적이며, 무엇보다도 대단히 지적인 표정을 지어야 한다고 생각했다.

『지하로부터의 수기』 제2부 제1장

이런 일은 누구나 한 번쯤, 아니 그 이상 겪어 본 적이 있을 것이다. 자아가 흔들릴 때 인간은 자신의 외모부터 공략한다. 그러나 이 반대의 경우도 있다. 자신이 잘생겼다고 믿어 의심치 않는 사람, 지적이고 멋지다고 지나치게 자부하는 사람도 역시 그 내면에는 남보다 더한 불안을 지니고 있기 마련이다. 누가 더 혐오스러운가, 자신이 너무 못생겨서 좌절하는 사람인가 자신이 엄청나게 잘생겼다고 자부하는 사람인가.

당연히 나는 처음부터 끝까지 내 모든 동료들을 싫어
했다. 그리고 그들을 모두 경멸했다. 그러나 동시에 나는
그들을 두려워하고 있었다. (……) 그러나 내가 그들을
경멸했건, 혹은 나보다 더 높이 평가했건, 나는 내가 만
났던 모든 이들 앞에서 눈을 내리깔았다. 나는 심지어 내
가 그렇고 그런 사람들의 시선을 견디어 낼 수 있을까 하
는 실험까지 했다. 하지만 항상 먼저 내 눈을 내리깔았다.
이것은 나를 미칠 정도로 괴롭혔다. 또한 우습게 보일지
도 모른다는 내 두려움은 병적이기까지 했다. 그래서 나
는 외모에 관련된 모든 것에 있어서 관습적인 것은 비열
할 정도로 흠모했다. 나는 평범한 틀에 열정적으로 합류
했고 진심으로 내 안의 어떤 기이함까지도 두려워했다

『지하로부터의 수기』 제2부 제1장

나만 뒤처졌다는 생각만큼 인간을 불안하게 만드는 게 없다. 유행
에 뒤처졌다는 생각, 네트워크에서 배제되었다는 생각, 무언가를 향
한 기다란 줄에서 낙오되었다는 생각, 이른바 포모FOMO 증후군은
일상을 뒤흔든다. 〈지하 생활자〉의 경우 전체에 대한 경멸과 고립에
대한 공포는 동일한 불안의 양면이다.

라스콜니코프를 그린 일러스트.
표트르 보클렙스키, 1880년경.

심하게 상처를 입은 것은 그의 자존심이었고, 그는 상처받은 자존심 때문에 병이 난 것이었다.

『죄와 벌』 에필로그 제2장

누구에게나 있는, 누구나 만족시키려고 기를 쓰는 자존심이라는 것은 인간으로 하여금 가장 추악하고 부도덕한 일도 하게 만드는 본성이다. 라스콜니코프는 상처받은 자존심 때문에 도끼를 휘둘렀고 도끼를 휘두른 후에도 자존심이 충족되지 않아 병에 걸렸다. 사실 사람은 자존심 때문에 살인도 저지른다. 자존심의 폭발은 더 이상 견딜 수 없는 불안에서 촉발된다. 말끝마다 자존심 운운하는 사람은 내적으로 심하게 불안한 사람일 확률이 높다. 물론 자존심이 없는 사람은 이 세상에 없다.

「이상한 것은 내가 나쁜 인간이라 해도 전적으로 나쁘다는 생각이 들지 않는 것입니다. (……) 비로소 안정을 찾은 때는 15년쯤 전이었습니다. 만성병으로 시달리는 두 할머니를 제 부담으로 대우가 좋은 양로원으로 보내 이승에서의 여생을 편안하게 해주었을 때였지요. 난 유산의 일부를 사회사업에 환원할 생각이 있습니다.」

「각하께서는 생애 중 가장 추잡한 짓이 아니라 모범적인 행위를 얘기해 주셨어요.」

『백치』 제1부 제14장

여러 명의 사람들이 파티에 모여 있다. 하나같이 위선적이고 허접한 인간들이다. 이 사람들은 재미 삼아 〈프티조〉 게임을 한다. 자기가 저지른 일 중 가장 추악한 일을 털어놓는 일종의 진실 게임이다. 그러나 그들이 말을 빙빙 돌려 고백하는 것은 가장 추악한 일이 아닌 가장 잘한 일이다. 예판친 장군은 자기 때문에 죽은 어느 노파 얘기를 꺼낸다. 그러나 자기가 훗날 많은 자선 행위를 했으니 〈사소한 악행에도 불구하고〉 자기는 꽤 훌륭한 사람이란 것이 그 고백의 핵심이다. 오물을 토해 내면서 거기에다 향수 뿌리는 격이다.

「이봐요, 친구, 나는 한평생을 거짓말만 했어요. 진실을 말할 때조차 말입니다. 나는 단 한 번도 진리를 위해 말한 적이 없고, 나 자신을 위해서만 말해 왔어요. 이전에도 이것을 알고 있었지만, 지금은 확실히 보이는군요……. (……) 나는 지금도 거짓말을 하고 있는지 몰라요. 지금도 틀림없이 거짓말하고 있을 겁니다. 문제는 내가 거짓말을 하면서 나도 그것을 믿는다는 겁니다. 삶에서 가장 어려운 일은 살아가는 동안 거짓말을 하지 않는 것입니다……. 그리고…… 그리고 자신의 거짓말을 믿지 않는 것, 그래요, 그래, 바로 그겁니다!」

『악령』 제3부 제7장

소설에서 가장 인간적인 인물 스테판 베르호벤스키가 임종 전에 하는 말. 〈진실을 말할 때조차 진실이 아닌 자기 자신을 위해 말했다〉는 대목에서 눈을 떼기 어렵다. 거짓이 얼마나 쉽게 〈자기 자신을 위한 진실〉로 둔갑하는지……. 내 삶을 돌아보게 된다.

「중요한 것은, 자기 자신에게 거짓말을 하지 않는 겁니다. 자신을 속이고 자신의 거짓말에 귀를 기울이는 사람은 자신의 내면이나 주변에 있는 진실을 감지하지 못하며, 반드시 자신이나 타인을 존경하지 않게 됩니다. 아무도 존경하지 않으며 사랑을 멈추게 되면 마음을 달래고 위안을 찾기 위해 애정이 결핍된 상태에서 욕망과 색정에 몰두하여 자신들의 결점이기도 한 야수성을 드러내게 됩니다. 이 모두가 타인들과 자신에게 끊임없이 거짓말을 하는 데서 비롯되지요. (……) 자, 일어나 자리에 앉으십시오, 제발 부탁드립니다. 이 또한 거짓 몸짓입니다…….」

『카라마조프 씨네 형제들』, 제1부 제2권

노수도사 조시마가 방탕하고 탐욕스러운 호색한 표도르에게 하는 말. 수도원에서 광대짓을 하여 거기 모인 모든 사람을 모욕하고 더 나아가 모든 성스러운 것을 모욕하는 표도르의 핵심을 꿰뚫어 보고 있다. 거짓말은 궁극적으로 거짓말을 하는 자기 자신에 대한 모욕이다. 스스로를 모욕하는 사람이 과연 무엇을 존경할 수 있겠는가.

중요한 것은 표도르가 그의 정직성을, 결코 남의 돈을 훔치거나 빼앗지 않는다는 점을 끝까지 믿고 있었다는 사실이다. 언젠가 한번은 술에 만취한 표도르 파블로비치가 진창이 된 자기 집 마당에 금방 받은 보라색 지폐 석 장을 떨어뜨렸다가 그다음 날에야 비로소 돈이 없어진 사실을 알게 되었다. 그는 황급히 주머니를 뒤지는 둥 소란을 피워 댔으나 뜻밖에도 무지갯빛 지폐 석 장은 고스란히 책상 위에 놓여 있었다. 어디서 나왔을까? 스메르댜코프가 주워서 이미 어제 가져다 놓았던 것이다.

『카라마조프 씨네 형제들』 제1부 제3장

가장 교활한 거짓말 중의 하나가 더 큰 거짓말을 숨기기 위한 작은 진실이다. 스메르댜코프는 나중에 표도르를 죽이고 3천 루블을 강탈한다. 그가 정직하게 처리한 30루블은 살인강도를 위한 일종의 투자금이었던 셈이다. 스메르댜코프의 거짓말은 〈전략적인〉 것이지만 그 전략적 거짓말 역시 그의 내면에 있는 치유 불가능한 불안에서 비롯된 것이다.

# 고립

도스토옙스키는 고립을 악의 조건이자 악의 결과로 본다. 악행과 고립은 우로보로스처럼 맞물려 있다. 그에게 고립이란 물리적으로 혼자 있음을 의미하는 것이 아니라 여럿이 있으면서도 서로 간에 아무런 공감이나 유대가 없는 상황을 의미한다. 그래서 오로지 자기만을 위해 무언가를 끝없이 쌓아 올리는 축적 행위가 그에게는 고립의 일면이 된다. 한 가지 흥미로운 것은, 도스토옙스키는 고립을 항상 구체적인 공간으로 묘사했다는 점이다. 고립된 인물들에게 할당된 비좁고 누추한 공간은 고해상도로 찍은 그들 마음속 사진이다.

반면 고독은 실존을 지속하기 위한 철학적 거리 두기이다. 파스칼은 〈인간의 모든 불행은 단 한 가지 사실, 즉 그가 방 안에 조용히 머물러 있을 줄 모른다는 사실에서 유래한다〉고 했다. 인간답게 살기 위해서 우리는 고립에서 벗어나야 한다. 그러나 인간다움을 완성하기 위해서는 고독을 수용해야 한다. 인간이 할 수 있는 가장 위대한 일 중의 하나가 고독을 전 존재로 내면화하는 일일 것이다. 이때의 고독은 사실상 절대자를 받아들이기 위해 내 안을 비우는 행위라 할 수 있다. 아이러니하게 들리겠지만, 이것이 가능해지기 위해서는 타인을 의존이나 집착이나 위로나 증오나 경멸의 대상이 아닌 있는 그대로, 신이 창조한 온전한 존재로서 인정하는 행위가 선행되어야 한다. 이런 고독이야말로 진정한 독립이다.

종종 혹시 뭐라도 보일까 하여 울타리 틈새로 신이 창조한 세계를 바라볼 때가 있었다. 하지만 결국 하늘 가장자리 한 조각과 높다란 토성 그리고 그 위를 밤낮으로 오가는 보초병들만 보게 될 뿐이었다. 그럴 때면 이런 생각이 문득 들었다. 수년의 세월이 흐른 뒤에도 나는 똑같이 이 울타리의 틈새를 들여다보게 될 것이고, 똑같은 보초병들과 똑같은 작디작은 하늘 가장자리 한 조각을, 감옥 위에 있는 그 하늘이 아니라 다른 하늘, 멀리 있는 저 자유의 하늘 한 조각을 계속 보게 될 것이라는 생각 말이다.

『죽음의 집의 기록』 제1부 제1장

고립이란 우리의 육체적인 시야와 마음의 시야가 모두 가로막혀 있는 상태다. 우리는 눈이 감당할 수 있는 것만 본다. 세상엔 틈새를 통해서밖에는 볼 수 없는 것들도 있다. 심리적인 감옥에서 나올 때에야 우리는 비로소 자유를 내 시야 전체로 들여올 수 있다.

나는 유형살이를 해야 할 10년 동안 결코 한 번도, 결코 1분도 나 혼자 있을 수 없다는 가공스럽고 고통스러운 사실을 조금도 상상할 수가 없었다. 일터에서는 항상 감시병의 눈길 아래에, 옥사에서는 2백여 명의 동료들과 함께 있어서 한 번도, 결코 한 번도, 혼자가 아니었던 것이다!

『죽음의 집의 기록』, 제1부 제1장

혼자 있을 수 있는 시간은 인간 존엄의 조건이다. 단 한 순간도 혼자 있을 수 없을 때 인간은 인간일 수조차 없다. 인간에게는 반드시 정적량의 혼자 있을 수 있는 시간이 주어져야 한다. 이것은 단지 개인 시간만을 의미하는 것이 아니다. 가장 고차원적인 의미에서의 고독은 실존의 지속을 위한 철학적 거리 두기이다. 도스토옙스키에게는 이런 고독을 불허하는 강요된 공동생활이야말로 고립의 삶이다.

『죽음의 집의 기록』의 막사 안 풍경.
콘스탄친 포메란체프, 1862년.

목욕탕 문을 열었을 때 나는 우리가 지옥에 들어왔다고 생각했다. 생각해 보라. 가로세로 열두 걸음 정도의 길이가 되는 크기의 방에 한꺼번에 1백 명 정도, 최소한 80명 정도의 사람들이 모여 있는 것을 말이다. (……) 시야를 뒤덮는 증기, 그을음, 먼지 그리고 어느 곳에도 발 디딜 틈 없는 비좁음. (……) 선반 위에 있는 50여 개의 한증용 털이개가 일시에 오르내리고 있었다. 모두들 취한 듯이 몸을 철썩철썩 때리고 있었다. 증기는 계속해서 나오고 있었다. 이미 열기 정도가 아니라 마치 지옥의 불과도 같았다. 바닥을 질질 끄는 1백 개의 쇠사슬 소리에 맞추어, 이 모든 것들이 소리를 지르고 법석을 떠는 것 같았다…….

『죽음의 집의 기록』 제1부 제9장

시베리아 유형지에서 죄인들은 1년에 한 번 공중목욕탕에서의 목욕이 허용된다. 족쇄를 찬 채 증기 속에 뒤엉켜 있는 인간 군상은 연결이 아닌 철저한 고립을 보여 준다. 그 누구도 다른 누구에게 신경 쓰지 않는다. 모두가 오로지 이 절호의 기회를 최대로 활용하려 아귀다툼을 벌이고 있다. 아무리 많은 사람이 같은 곳에 있다 해도 벌레 같은 바글거림만 있다면 그것은 고립이다. 질식할 것 같은 공기는 도덕의 질식을 함축한다. 화자가 목욕탕을 지옥이라 부르는 것은 다만 열기와 증기 때문만은 아니다.

이사이 포미치는 선반 제일 높은 곳에서 목청껏 깍깍 소리를 치고 있었다. 그는 정신없이 한증을 하고 있어서 어떠한 열기도 그를 만족시키지는 못할 것처럼 보였다. 그는 1코페이카를 들여서 때를 밀어 주는 사람을 불렀지만, 그 사람은 더 이상 견디지 못하고 한증용 털이개를 던져 버리고 찬물을 끼얹으려고 달아나 버리고 말았다. 이사이 포미치는 지치지도 않고 또 다른 때 미는 사람을 연달아 불렀다. 그는 이러한 경우에는 비용을 생각지 않고 있었으므로 다섯 사람이나 때 미는 사람을 바꾸었다. (……) 이사이 포미치 자신도 이러한 순간이 되면, 자기가 어느 누구보다도 높으며 모든 사람들을 이겼다고 느꼈다. 그는 환희에 차서 날카롭고 광기 어린 목소리로 자기의 아리아를 불러 제쳤다. 랴-랴-랴-랴-랴, 그것은 다른 어떤 목소리도 제압해 버리고 말았다. 만일 우리가 모두 다 같이 지옥의 불 가운데 떨어지게 된다면, 그것은 아마도 이 자리에서 벌어지는 일들과 무척이나 흡사할 것이라는 생각이 들었다.

『죽음의 집의 기록』 제1부 제9장

감옥 안에서도 고리대금업을 하며 돈을 모으고 있는 유대인 이사이 포미치. 늘 다른 죄수들한테 멸시받으며 사는 꾀죄죄한 노인이지만 1년에 한 번 목욕하는 날이 오면 돈을 마음껏 쓰며 한증 도우미를 고용한다. 다른 죄수들을 거의 밟다시피 하고 비좁은 목욕탕의 제일 높은 선반에 올라 그동안 모은 돈의 힘을 과시하며 승리의 노래를 부르는 이 늙은 죄수는 도스토옙스키가 생각한 악의 삼중주, 즉 고립, 축적, 교만의 의인화다. 여기서 정말로 섬뜩한 것은 지옥의 왕이 엄청나게 무섭고 대단한 악당이 아닌, 조그맣고 나약하고 우스꽝스럽고 고만고만한 고리대금업자라는 사실이다. 이것이야말로 〈악의 평범성〉 아닌가.

# 019

---

이 대재일에 대한 선천적인 경건함을 제외하고라도, 죄수들은 이 재일을 지킴으로써 자기가 모든 세계와 접하고 있으며, 그래서 자기들은 결코 버림받은 사람도, 죽어 가는 사람도, 빵 부스러기 같은 사람도 아니라는 것을, 감옥에도 다른 사람들에게 있는 것과 같은 것이 있다는 것을 무의식적으로나마 느끼고 있었다. 그들은 이것이 자명하다고 이해하거나 느끼고 있었던 것이다.

『죽음의 집의 기록』 제1부 제10장

최악의 인간 군상들이라 할지라도 인류로부터 단절되는 것만큼은 두려워한다. 이른바 〈끈 떨어진 연〉이 되는 것을 그들은 오히려 감옥 밖의 보통 사람들보다 더 무서워한다. 연결에 대한 강박적인 소망은 그들 자신의 소외를 반영한다. 소속감, 혹은 소속감의 환영은 생존의 필수 조건이다.

「아내가 나한테서 벗어나려고 발버둥을 치자 나는 온통 피로 범벅이 되었어요. 나는 아내를 내던지고 겁에 질려 말도 내버려 둔 채 마구 뛰었어요. 집 뒷문에 이르러 목욕탕으로 들어갔지요. 목욕탕은 오랫동안 쓰지 않은 낡은 곳이었습니다. 선반 밑으로 기어 들어가 밤이 될 때까지 계속 그렇게 앉아 있었어요. (……) 저녁때 아내의 시체가 발견되었어요. 신고한 녀석이 있어 나에 대한 수배 명령이 떨어졌지요. 나는 그날 밤 목욕탕에서 체포되었습니다. 그로부터 4년간 여기서 이렇게 지내게 된 거죠.」

『죽음의 집의 기록』 제2부 제4장

〈아쿨카〉라는 이름의 아내를 잔혹하게 살해한 죄수가 유형지 감옥 병원에서 옆자리 죄수에게 들려주는 이야기. 〈아쿨카의 남편〉이라는 부제가 달려 있다. 도스토옙스키 소설 전체를 통틀어서 가장 끔찍한 장면 중의 하나다. 이 살인의 가장 무서운 점은 살인범이 그냥 평범한 농민이라는 것, 아쿨카를 살해할 만한 대단한 동기가 없었다는 점, 살인 후 그다지 큰 죄책감도 느끼지 않으며 마치 남의 얘기 하듯이 담담한 어조로 자신의 범죄를 되새기고 있다는 점이다. 그가 피투성이가 되어 숨어 들어간 곳은 러시아 농가에 별채처럼 지어진 통나무 목욕탕이다. 비좁은 헛간 같은 곳으로 주로 겨울에 사용되므로 평소에는 잠가 두는 폐쇄된 공간이다. 완벽한 암흑 속에 홀로 숨어 있는 살인범은 궁극의 악을 표상한다.

우리는 언제나 보시를 받았는데, 나는 왠지 그것이 대단히 기분이 좋았다. 이러한 이상스러운 만족감에는 뭔가 미묘하고 특별한 감각이 있었다고 기억하고 있다. 〈그래, 좋은 게 좋은 거지〉라고 생각하고 있었던 것이다. 죄수들은 열심히 기도를 드렸다. 그들은 모두 교회에 올 때마다 가진 돈을 털어서 초를 사서 헌납하기도 하고 헌금을 바치기도 했다. 〈나도 같은 인간이야. 하느님 앞에서는 모두가 평등해〉라고, 죄수들은 돈을 내면서 위안하고 있었는지도 모른다. 아침 예배에서 우리는 성찬식에 참여했다. 사제가 두 손에 성배(聖杯)를 들고 〈……그러나 우리를 강도들처럼 여기소서〉라고 기도서의 한 구절을 읽자, 모든 죄수들은 이것을 말 그대로 자신들을 가리키는 것으로 생각하며, 족쇄를 절그럭거리면서 바닥에 엎드리는 것이었다.

『죽음의 집의 기록』 제2부 제5장

흉악범들이 바치는 기도와 헌금은 그들이 잘라내 버린 세계와의 연결 고리를 수선해 주는 정서적인 접착제. 흉악범들이 기도서의 〈강도〉가 자신들이라고 인정하는 순간부터 그들은 고립에서 벗어나 세계와 다시 연결되기 시작한다. 우리 대부분은 기도서의 강도가 다른 사람들이라 생각하며 산다. 그런데 과연 그럴까.

정신적으로 고독했던 나는 나의 지난 전 생애를 되돌아보았고, 아무리 사소한 것이라도 모든 것을 다시 취해서 나의 과거를 깊이 음미해 보고 용서 없이 엄격하게 자신을 평가해 보았으며, 심지어 어떤 때는 이러한 고독을 나에게 보내 준 운명에 감사했다. 이러한 고독이 없었다면 자신에 대한 어떠한 반성도 지난 생애에 대한 엄격한 비판도 없었을 것이다. 그리고 그 당시 얼마나 많은 희망으로 나의 심장이 두근거렸는지! 이전에 했던 어떠한 실수나 방종도 나의 미래 생활에는 다시는 없을 것이라고 나는 생각하고 결심하고 다짐했다. 나는 미래의 모든 계획을 정해 놓았고, 그것을 엄격히 따를 것을 맹세했다. 내가 이 모든 것을 실행하고 실행할 수 있으리라는 맹목적인 믿음도 생겨났다……

『죽음의 집의 기록』 제2부 제9장

고독의 가장 근원적인 의미는 인간이 스스로를 직시할 수 있는 가능성에 있다. 어떤 사람들은 좋아하는 타인과 더불어 있을 때에도, 심지어 공동체와 바람직하고 안정적인 유대 관계를 유지해 나갈 때조차도 인간관계를 넘어서는 어떤 것을 갈망한다. 그 갈망의 실체는 오로지 고독 속에서만 드러난다. 자기 스스로에 대해 가장 엄격한 비판을 할 수 있도록 해주는 조건 중 최고의 것이 고독이다.

화자가 이 글을 쓴 것은 유형 생활의 후반기에 들어선 시점이었다. 즉 같은 막사에서 우글거리는 혐오스러운 동료 수인들을 다른 눈으로 볼 수 있게 된 시점이었다. 고독이란 그러므로 누군가와 같이 있거나 홀로 있거나의 문제가 아니라는 뜻이다. 생을 바라보는 어떤 심원한 시각이라는 뜻이다.

나는 병든 인간이다. 나는 악한 인간이다. 나는 호감을 주지 못하는 인간이다. 생각건대 간에 이상이 있는 것 같다.

『지하로부터의 수기』 제1부 제1장

『지하로부터의 수기』 첫 문장이다. 흔히 〈지하 생활자〉라 불리는 소설의 1인칭 화자가 익명의 독자를 향해 선전포고하듯이 하는 말이다. 인간은 아플 수도 있고 사악할 수도 있다. 아픔은 치유될 수도 있고 사악함은 용서받을 수도 있다. 치유와 용서는 〈나와 나〉의 관계와 〈나와 너〉의 관계 속에서만 가능하다. 그러나 그의 냉소적 어투는 치유나 용서를 원천 봉쇄한다. 냉소주의는 병적으로 부풀어 오른 존재감의 다른 이름이다. 냉소주의로 무장한 사람들 대부분은 자진해서 세계로부터 자신을 고립시키지만 내적으로는 그 누구보다도 연결을 갈망한다.

나는 오로지 먹고살기 위해 근무를 했다(이것이 유일한 근무 목적이었다). 그런데 작년 말 먼 친척 중 하나가 내게 유산으로 6천 루블을 남겨 주었다. 나는 즉시 사표를 내고 방구석에 안주하게 되었다. 나는 예전에는 이 방에 살았으나 이제는 이곳에 틀어박히고 말았다. 내 방은 지저분하고 추잡스러우며 도시의 변두리에 있다.

『지하로부터의 수기』 제1부 제1장

〈지하 생활자〉는 직장에 다니던 과거와 사표를 낸 후인 현재를 구분 지어 설명하고 있다. 그러나 방구석에 틀어박힌 현재와 과거는 별반 차이가 없다. 오로지 월급만을 위해 직장 생활을 한다면 그 역시 고립된 삶이다. 지저분하고 추잡한 그의 작은 방은 고립을 공간적으로 좀 더 명확하게 표현해 줄 뿐이다. 그의 모든 심술궂고 뒤틀린 생각은 모두 이 추잡한 방구석의 산물이다.

그때에 또 다른 상황이 나를 괴롭히고 있었다. 즉, 아무도 나를 닮지 않았으며 나 또한 누구도 닮지 않았다는 사실이었다. 〈나는 하나이고 그들은 모두다〉라고 생각했고, 이 점을 깊이 숙고하기 시작했다.

『지하로부터의 수기』 제2부 제1장

〈지하 생활자〉가 여기서 고민하는 것은 사실상 고립의 문제라기보다는 고독의 문제다. 어떻게 보면 독창성의 문제이기도 하다. 〈지하 생활자〉가 그 모든 반주인공적인 면면에도 불구하고 여전히 매력적인 주인공일 수 있는 것은 그가 고독을 어떤 식으로든 내면화하고 있기 때문이다. 그는 고립을 자초하면서 동시에 고독의 의미를 이해한다. 전체로부터 배제당하는 게 무서워 비굴하게 거기 합류하지만 동시에 전체의 속악함을 간파하고 거기 저항한다. 그는 소설에 등장하는 모든 인물 중에 가장 독창적이다.

나는 사람들이 가장 붐비는 상가를 따라 유수포프 정원 옆에 있는 메샨스키와 사도바야 거리를 따라서 정처 없이 거닐었다. 나는 땅거미가 질 무렵 이 거리들을 따라 걷는 것을 특히 좋아했다. 사람들이 점점 더 불어날 때였고 모든 종류의 날품팔이 공장 노동자들이 증오에 가까운 걱정스러운 표정들로 하루 일과를 마치고 각자 집으로 돌아가는 시간이었다. 내가 좋아했던 것은 바로 이 싸구려 소란과, 뻔뻔스러운 단조로움이었다.

『지하로부터의 수기』 제2부 제8장

스스로 울타리를 쳐놓은 지하 방에 틀어박힌 〈지하 생활자〉가 혼잡한 거리를 좋아하는 것은 익명성 때문이다. 혼잡 속에서 그는 자신을 드러내지 않으면서 타인을 구경한다. 그의 초라한 내면은 싸구려 소란에 그대로 투사된다. 붐비는 거리는 심리적으로는 홀로 거주하는 지하와 동일한 공간이다.

그의 작은 방은 높은 5층 건물의 지붕 바로 아래에 있었는데, 방이라기보다는 벽장 같은 곳이었다. (……) 여섯 걸음 정도밖에 되지 않는 작은 새장 같은 방은 먼지 때문에 누렇게 퇴색한 벽지가 그나마 여기저기 떨어져 있어서 보기에도 초라했다. 천장은 너무 낮아서 약간 키가 큰 사람인 경우 그 안에 들어오면 숨이 막히고 머리를 천장에 부딪힐까 봐 걱정할 지경이었다. (……) 벽장, 아니 궤짝이나 다름없는 이 누런 방이 숨이 막히도록 답답하게 여겨졌다. 그의 마음과 눈은 넓은 곳으로 나가기를 원했다.

『죄와 벌』 제1부 제1장

『죄와 벌』의 주인공 라스콜니코프의 작은 방은 소설 전체에 걸쳐 여러 차례 강조된다. 벽장, 새장, 궤짝은 그가 처한 궁핍한 환경을 전달하는 비유이자 그의 강박적인 심리 상태를 묘사하는 비유이기도 하다. 더 나아가 작은 방은 그의 삶 전체를 돌이킬 수 없는 구속의 상태로 몰아넣는 영적 빈곤의 비유이기도 하다. 소설은 그가 이 작은 방이 표상하는 마음의 감옥에서 해방되는 과정에 다름 아니다.

그러나 지금은 그와는 정반대로 그 방 안에 경찰관들이 아니라 가장 절친한 친구들이 가득 차 있다 할지라도, 그는 그들에게 해줄 단 한 마디의 인간적인 말도 찾아내지 못했을 것이다. 그럴 정도로 그의 마음은 갑자기 공허해졌다. 괴롭고도 끝없는 고독감과 음울한 소외감이 갑자기 뚜렷하게 그의 영혼 속으로 파고들었다. (……) 그는 이제껏 한 번도 이처럼 기이하고도 무서운 감각을 겪어 본 적이 없었다. 가장 괴로웠던 것은 그것이 의식이나 관념이었다기보다는 감각이었다는 점이다. 이것은 그가 여태껏 인생에서 겪어 본 온갖 종류의 감각 중에서도 가장 직접적이고, 가장 괴로운 감각이었다.

『죄와 벌』 제2부 제1장

라스콜니코프가 범죄 후 겪는 고립감은 〈고독〉이 아니라 단절이라 불러야 정확하다. 그 누구와도 아무와도 아무런 얘기도 할 수 없는 절대적인 단절은 마음의 감옥이 갖는 깊이를 말해 준다. 가장 끔찍한 점은 그것이 머리에서 나온 것이 아니라 감각에서 나온 것이라는 사실에 있다. 그의 범죄는 머리에서 나온 것이지만 그 범죄의 결과는 감각으로 다가온다. 어쩌면 우리가 머리로 저지르는 일이 감각이 되어서 우리에게 되돌아오는 것이 가장 두려운 것인지도 모른다.

하늘에는 구름 한 점 없었고, 강물은 좀처럼 볼 수 없는 짙 푸른 빛을 띠고 있었다. 성당의 부속 예배당 건물에서 채 스무 걸음도 떨어지지 않은 이곳 다리 위에서 가장 아름다운 자태를 드러내는 성당의 궁륭 지붕은 오늘따라 찬란하게 빛나고 있었다. 청명한 공기로 인해 지붕의 세세한 장식들까지도 낱낱이 보일 정도였다. (……) 이곳은 그에게 특히 낯익은 장소였다. 대학을 다닐 때, 그는 ─ 대개는 집으로 돌아가는 길이었지만 ─ 백 번도 넘게 바로 이 장소에 서서 이 멋진 광경을 물끄러미 바라보곤 했다. 그때마다 그는 혼란스럽고 알 수 없는 느낌에 놀라곤 했다. 이 위대한 정경에서 그는 언제나 어떤 설명할 수 없는 한기를 느꼈던 것이다. 그가 보기에 이 화려한 정경은 말도 하지 못하고 듣지도 못하는 혼령으로 가득 차 있는 것 같았다……. 그는 매번 자신이 받은 음울하고 수수께끼 같은 인상에 경악을 금치 못했다. 그리고 스스로 믿기지 않아서 그 해결을 먼 미래로 미루어 버리곤 했다. 그런데 바로 지금 갑자기 이런 예전의 질문들과 의혹들이 뚜렷이 되살아난 것이다. (……) 어딘가 저 밑바닥, 바로 발밑 저 아래쪽에 지난날도, 이전의 사상들도, 이전의 의문들도, 이전의 상념들도, 이전의 인상들도, 이 모든 광경들도, 그리고 그 자신도, 그리고 모든 것, 모든 것이 숨겨져 있는 것 같았……. 그런데 자기는 거기에서 어디론가 날아오르는 것 같고, 모든 것이 그의 눈앞에서 사라진 것 같은 느낌이었다…….

　『죄와 벌』에서 가장 신비한 구절이다. 나 역시 여전히 이 구절의 의미를 제대로 파악하지 못하고 있다. 그럼에도 너무 매혹적이어서 이 책에 포함시켰다. 강물은 늘 시간의 은유다. 강물은 흘러가지만 저 거대한 성당의 황금빛 돔은 언제나 같은 강물에 그림자를 드리운다. 이 막연하면서도 섬뜩한 느낌은 무엇인가. 가위로 도려낸 것 같은 단절감은 정서적인 것이 아니라 시간적인 것이다. 그의 의식 속에 살인의 관념이 들어온 순간 그는 기억되고 쌓이고 만들어지는 시간으로부터 떨어져 나왔다.

「여전히 우리는 영원성을 한낱 이해할 수 없는 사상, 무언가 거대하고 거창한 것으로만 상상하고 있지요! 그런데 왜 반드시 거창해야만 할까요? 생각해 보시지요. 그런 것들 대신에 그곳에 시골의 목욕탕과 비슷한, 그을음에 찌든 작은 방 하나만 있고, 구석구석에 거미들만 가득하다면 말입니다. 이것이 영원의 전부라면 말이오. 때로 이와 비슷한 것들이 어른거릴 때가 있습니다.」

『죄와 벌』 제4부 제1장

아동 성범죄자 스비드리가일로프가 라스콜니코프에게 하는 말. 영원성을 하나의 공간으로 상정하는 것 자체가 그의 교만을 상징한다. 그는 무한을 구획 지어서 극도로 작은 공간으로 축소시켰다. 초라하고 더럽고 폐쇄된 시골 목욕탕은 신과 영원불멸을 조롱한다. 물론 여기 내포된 고립은 또 다른 문제다. 시골 목욕탕은 아주 작은 공간이다. 안 쓸 때는 대부분 잠가 둔다. 창문도 없다. 『죽음의 집의 기록』에서는 흉측한 살인범이 숨어 있던 장소이기도 하다. 거미들이 득실거리는 암흑과 황폐와 고립의 공간은 영원성을 그런 식으로 상상하는 인간 내면의 지옥이다.

도끼로 노파를 살해한 라스콜니코프.
니콜라이 카라진, 1893년.

라스콜니코프는 사람들과 어울리는 데 익숙하지 않았고, 앞에서도 말했다시피 특히 최근에는 사람들과 만나는 것을 더욱 기피하고 있었다. 그런데 지금은 갑자기 왠지 사람들이 그의 마음을 사로잡았다. 그의 내부에서 무언가 알 수 없는 새로운 감정이 생기면서, 그는 사람들에 대한 일종의 갈증을 느끼게 되었다. 그는 한 달 동안이나 끊임없이 자신을 괴롭혔던 고민과 음울한 흥분 때문에 지칠 대로 지친 나머지, 한순간이나마 어느 곳이든 상관없이 다른 세계에서 쉬고 싶었다. 그래서 그는 주변이 굉장히 더러웠지만, 그래도 기꺼이 술집에 남았던 것이다.

『죄와 벌』 제1부 제2장

라스콜니코프는 도끼로 전당포 노파와 그 여동생을 살해한 뒤 끔찍한 고립감에 시달린다. 살인을 저지름으로써 인류와의 연결을 끊어 버렸기 때문이다. 극단적인 고립의 상태에서 그는 형언할 수 없는 공포를 느낀다. 절대 고독, 이 우주에 오로지 자기 혼자만이라는 그 무시무시한 느낌은 그에게 〈사람에 대한 갈증〉을 불러일으킨다. 그러나 그가 선택한 술집은 그를 세상과 연결시켜 주는 공간이 아니다. 낯선 취객들은 연결의 환영만을 심어 줄 뿐이다.

〈어디서 읽었더라? 사형 선고를 받은 어떤 사람이 죽기 한 시간 전에 이런 말을 했다던가, 생각했다던가. 겨우 자기 두 발을 디딜 수 있는 높은 절벽 위의 좁은 장소에서 심연, 대양, 영원한 암흑, 영원한 고독과 영원한 폭풍에 둘러싸여 살아야 한다고 할지라도, 그리고 평생, 천 년 동안, 아니 영원히 1아르신밖에 안 되는 공간에 서 있어야 한다고 할지라도, 그래도 지금 죽는 것보다는 사는 편이 더 낫겠다고 했다지! 살 수만 있다면, 살 수만, 살 수만 있다면! 어떻게 살든, 살 수 있기만 하다면……! 그만한 진실이 또 어디 있겠나! 그래, 이건 정말 대단한 진실이 아닌가! 인간은 비열하다……!〉

『죄와 벌』 제2부 제6장

도스토옙스키가 머릿속에서 그린 지옥도 중의 하나. 극도로 비좁은 공간에 인간과의 모든 연결을 끊어 버린 채 홀로 수백 년 수천 년 살아남는다는 것은 그 자체로서 끔찍하다. 여기 있는 것은 인간의 삶이 아니라 동물적인 생명에의 의지일 뿐이다. 오로지 자기 자신의 동물적인 생명욕을 충족시키기 위해 다른 모든 존재를 제거하고 높은 절벽 위에 홀로 서 있는 주인공의 이미지는 『죽음의 집의 기록』의 이사이 포미치, 그리고 아쿨카를 살해하고 고립 속으로 숨어든 그녀의 남편을 상기시킨다.

그러나 문제는 그가 요즘 거의 혼자 있었는데도, 자신이 혼자라는 것을 결코 느껴 본 적이 없다는 사실이다. 그는 주로 교외로 나가거나 큰 도로를 걸었고, 언젠가 한 번은 숲에 들어가 본 적도 있었다. 그런데 장소가 외지면 외질수록, 그는 누군가 가까이 있는 것 같은 불안한 느낌을 더욱 강하게 받았다. 그리고 그 느낌은 무섭다기보다는 왠지 아주 불쾌한 것이었다. 그래서 그는 재빨리 도시로 돌아와서 사람들 틈에 섞이든지, 싸구려 음식점이나 선술집에 들어가든지, 아니면 톨쿠치 다리와 센나야 광장을 걸어다녔다. 이곳에서는 어쩐지 마음이 훨씬 가볍고, 또 사람들로부터 훨씬 멀리 떨어져 있는 것 같은 느낌이 들었다. 싸구려 술집에서는 저녁이 되기 전부터 사람들이 노래를 불렀다. 그는 한 시간 내내 그 노래를 들으면서 앉아 있었는데, 너무나도 기분이 좋았다고 기억했다. 그러나 노래가 끝날 무렵, 그는 갑자기 다시 불안해졌다. 양심의 가책 같은 것이 그의 마음을 괴롭히기 시작했다.

『죄와 벌』 제6부 제1장

사람들 속에 묻히고자 하는 욕구는 때로 자기 자신으로부터의 도피 욕구를 반영한다. 그것은 고독 속에서 자기 자신을 직면할 수 있는 용기의 부재를 의미한다. 혼자임에도 누군가 같이 있는 것 같은 이상하고 두려운 느낌은 바로 이 용기의 부재에서 야기된다. 이때 그와 함께 있는 것은 그의 다른 자아, 때로 양심이라는 이름으로 불리는 어떤 것이다. 그가 공포에서 해방되려면 바로 이 다른 자아를 똑바로 바라보아야 한다.

그는 안에 들어가 복도에서 그를 맞이한 허름한 차림
의 급사에게 방이 있느냐고 물었다. 허름한 차림의 사내
는 스비드리가일로프에게 시선을 던지고는 곧 활기를 되
찾고 그를 복도 제일 끝 계단 밑 구석방으로 데려갔다.
그곳은 공기가 탁한 비좁은 방이었다. 그러나 다른 방은
없었다. 손님들이 많았던 것이다. (……) 그 방은 새장처
럼 작은 방으로 천장이 스비드리가일로프의 키보다도 낮
았고 창이 하나밖에 없었다. 말할 수 없이 더러운 침대와
거칠게 칠해진 탁자와 의자는 거의 방 전체를 차지하고
있었다.

『죄와 벌』 제6부 제6장

아동 학대범이자 살인범인 백만장자 스비드리가일로프가 자살하
기 위해 호텔에 투숙한다. 호화 호텔인데 하필이면 이날따라 만석이
라 직원은 그를 계단 밑 창고 방으로 안내한다. 그처럼 부유한 인간
이 지상에서의 마지막 밤을 이토록 추악한 호텔 방에서 보낸다는 것
은 작가의 치밀한 전략이다. 그가 일생 동안 수없이 많은 악행을 저
지르며 쌓아 놓은 막대한 부와 그의 궁상맞고 초라한 종말의 대비가
강렬하다. 도스토옙스키의 지옥은 언제나 비좁고 누추한 공간이다.

아무런 치장도 하지 않은 더러운 초록색의 이 3층짜리 집은 커다랗고 우중충했다. 지난 세기 말쯤에 세워진 그와 같은 유형의 집들이 페테르부르크의 이쪽 거리들에 유난히 밀집되어 있었다. 그런 집들은 도시 자체의 변화를 쫓아가지 못하고 거의 옛 모습 그대로 남아 있었다. 견고하게 세워진 이 집들의 벽은 두꺼웠고 창들은 아주 띄엄띄엄 드물게 나 있었다. 아래층 창문에 창살이 끼워져 있는 집도 더러 보였다. 아래층은 대부분 환전상들이 차지하고 있었고 위층에는 환전상에서 일하는 거세파 교도들이 세를 살고 있었다. 이런 집들은 안이나 밖이나 별로 인심이 좋아 보이지 않고 메말라 보였다. 모든 것이 숨어들어가 은밀하게 보였다. 왜 집들이 하나같이 그런 인상을 풍기는지는 설명하기 곤란하다. 물론 건축에서 선의 결합은 나름대로의 비밀을 간직하고 있었다. 이런 집들에서는 거의 예외 없이 상인들이 살고 있었다. 공작은 작은 대문으로 다가가 간판을 읽었다. 〈세습 명예시민 로고진의 집〉.

『백치』 제2부 제3장

『백치』의 주인공 미시킨 공작이 거상 로고진의 집을 묘사하는 대목이다. 창문조차 거의 없이 완벽하게 밀폐된 건물과 외부와의 모든 소통을 단절시킨 채 오직 돈만 세면서 살아가고 있는 사람들이 결합하여 만들어 내는 것은 고립과 축적의 의미론이다. 세상과의 연결을 거부하는 사람은 거의 언제나 축적한다. 그리고 축적하는 사람은 축적하기 위해 세상과의 연결을 거부한다. 도스토옙스키가 그린 지옥에서 축적과 고립이 항상 짝을 이루는 이유다.

「당신은 일자무식이니까 돈이나 벌고 이 집에서 거세파 교도들을 데리고 앉아 있는게 어울릴 거야. 그러다가 결국은 거세파 교도로 개종을 하게 될지도 모르지. 그리고 돈 돈 하며 살다가 나중에는 2백만이 아니라 1천만 루블까지 벌게 되어 돈 자루 속에 파묻혀 굶어 죽게 될 거야. 당신은 무슨 일에나 정열적인 사람이니까.」

『백치』제2부 제3장

거세파는 생물학적인 욕망을 실제로 거세함으로써 천국에 가고자 꿈꾸었던 광신적인 근본주의 집단이다. 그들은 사실상 천국이 아닌 돈에 집착하는 부류였다. 19세기 러시아에서 대부분의 환전상은 거세파 교도들이 장악했다. 수전노 역시 일종의 거세파다. 인색과 근검절약은 다른 것이다. 수전노는 돈을 축적하기 위해 염치와 체면을 〈거세〉하고 타인에 대한 배려를 말소하는 일종의 근본주의자다. 그러나 수전노의 진짜 문제는 그가 축적하는 것이 궁극적으로 무의미하다는 데 있는지도 모른다. 도스토옙스키는 축적을 악이라 말하기에 앞서 축적이 얼마나 무의미한가를 말한다. 오로지 축적만 하는 인물들은 그 축적물을 조금도 쓰지 못한 채 생을 하직한다. 그들은 〈돈 자루 속에 파묻혀 굶어 죽는다〉.

간혹 어디로든 떠나가 버리고 싶은 욕구가 그를 덮쳤다. 이곳에서 완전히 사라지고 싶었다. (……) 순간적으로 산들이 떠오르기도 했다. 스위스에 있던 시절 그가 즐겨 찾았던, 지금까지 항상 기억 속에서 떠올려 왔던 어느 한 장소였다. 그는 거기서 멀리 아래로 보이는 마을과 실줄기처럼 하얗게 빛나는 폭포수와 흰 구름, 버려진 옛 성채를 바라보았다. 아, 지금 그는 그곳에 가서 오로지 한 가지만 생각하고 싶었다! 평생토록 그러고 싶었다. 결코 천 년도 지루하지 않으리라! 이곳의 사람들이 자기에 대해 완전히 잊어버렸으면 좋겠다. 오, 정말 그렇게 되어야 한다. 만약 사람들이 그를 전혀 모르고, 이 모든 것이 꿈속의 한순간에 불과하다면 차라리 더 좋을 텐데! 하지만 모든 게 꿈이든 생시든 매한가지가 아닌가!

『백치』 제3부 제2장

『백치』의 주인공 미시킨 공작이 현실의 무게에 짓눌리며 살아가던 어느 날 하는 생각이다. 스토리 전개와는 크게 관계없어 보이는 이런 대목들은 도스토옙스키 읽기가 간혹 묵상의 단계로 올라가야 함을 말해 준다. 스위스는 공작이 실제로 거주했었던 지도 위의 공간이자 그의 상상력이 지어낸 낙원이기도 하다. 그를 사로잡은 〈오로지 한 가지 생각〉이란 무엇일까. 관념으로 표현할 수 있는 선 아닐까. 어마어마하게 아름다운 공간과 어마어마하게 긴 시간은 하나로 합쳐져서 선의 시공간이 되는 게 아닐까. 선의 시공간을 인간의 상상력으로 만들어 내려면 절대 고독이 필요한 게 아닐까.

그는 대략 일흔다섯 살을 넘지 않은 나이였으며 암자의 양봉장 뒷담 모퉁이에 있는 거의 무너진 낡은 목조 승방에 살고 있었다. (……) 7년 전 페라폰트 신부는 결국 인적이 드문 그 조그만 승방에 기거하게 되었다. (……) 그는 사흘에 2푼트의 빵 이외에는 아무것도 먹지 않는다고 했다. (……) 신부는 하늘나라의 영혼들과 의사소통을 하고 또 오직 그들하고만 토론을 하기 때문에 사람들하고는 말을 섞지 않는다는 것이었다.

『카라마조프 씨네 형제들』 제2부 제4권

페라폰트 신부는 자칭 궁극의 경지에 오른 선지자다. 홀로 고고하게 비좁은 승방에 기거하는 그는 인간들과는 소통하지 않고 오로지 영혼들과 교류한다. 그는 매일매일 덕을 쌓아 최고의 영적 위치에 오른다. 그러나 마이클 케이시가 말했듯이 영적 양식은 오로지 하루만을 위한 것이다. 미래를 위해 영적 양식을 저장해 둘 수 없다. 초라하고 비좁은 승방, 미래를 위해 영적 깨달음을 높이 쌓아 올리는 고승은 축적과 고립이 결합하여 만들어 내는 악의 변주이다.

세상은 날이 갈수록 하나로 합쳐지고, 이로써 거리를 줄여 나가고 허공을 통해 사상을 전달하는 형제적 관계를 형성해 나간다고 사람들은 믿고 있습니다. 아아, 인류의 그 같은 결합을 믿지 마십시오. 자유를 욕구의 증대와 신속한 충족으로 이해함으로써 자신의 본성을 왜곡할 뿐입니다. 왜냐하면 그것은 수많은 무의미하고 어리석은 욕망과 관습과 비합리적인 망상을 탄생시켰기 때문입니다.

『카라마조프 씨네 형제들』 제2부 제6권

연결에 대한 현대의 광적인 열망을 예언하는 듯한 대목이다. 연결과 유대는 SNS 창시자들이 생각하는 것보다 훨씬 복잡한 문제다. 거리는 유대를 위한 필요조건이다. 타인과의 거리를 소중하게 여길 때만 우리는 비로소 타인과 연결된다. 연결 강박증은 집요하게 소외를 노출시킨다.

# 권태

권태는 대단히 광범위하고 복잡한 개념으로 책 한 권으로도 다 담아내기 어려운 깊이와 넓이를 지닌다. 도스토옙스키가 소설에서 진지하게 다룬 주제 중 가장 덜 연구되고 동시에 가장 어려운 것이 권태다. 권태라는 커다란 개념 속에는 목적 없는 삶, 나태, 무감각, 정체, 실존적 공허, 심리적 마비, 불변, 타성, 단조로움, 안주, 범속성, 평범성 등이 들어간다. 이것들은 모두 추악하거나 사악하다.

아주 간단히 설명하자면, 인생은 기본적으로 다람쥐 쳇바퀴 돌듯 단조롭다. 그 어떤 변화도 오랫동안 지속되지는 않는다. 그러나 존재의 의미는 기본적으로 그 역동성에 있다. 그러므로 인간이 만일 단조로움에, 혹은 평범함에 그대로 안주한다면 그것은 인간적임을 포기하는 것이다. 그러나 다른 한편으로 인간이 단조로움을 못 견뎌서 자극을 끝없이 찾는다면 그것은 악행으로 귀착한다. 여기서 〈평범한 일상〉의 복잡한 측면을 구분할 필요가 있다. 평범한 일상 자체는 좋은 것도 나쁜 것도 아니다. 선한 것도 악한 것도 아니다. 그러나 인간이 단조로움을 어떤 식으로 수용하느냐에 따라 평범한 일상은 최고의 축복이 될 수도, 반드시 빠져나와야 할 수렁이 될 수도 있다. 시몬 베유도 비슷한 말을 했다. 〈단조로움은 이 세상에 존재하는 것 중 가장 아름답거나 가장 추악한 것이다.〉

만일 사람을 완전히 짓밟아 버리거나 없애 버리고 싶어서 가장 참혹한 형벌로 그를 벌하고 싶다면, 그래서 극악한 살인자도 이 벌 때문에 전율하고 미리부터 공포에 떠는 벌이 있다면, 그것은 아주 전적으로 쓸모없고 무의미한 성격을 노동에 덧붙이는 것만으로도 충분하리라는 생각이 여러 번 들었다. (……) 죄수들은 벽돌을 만들고, 땅을 파며, 회반죽을 칠하고 집을 짓는데, 이 일에는 생각과 목적이 따르게 마련이다. 유형수들은 가끔 이러한 일에 열중해서, 빈틈없고 재빠르며 훌륭하게 일을 마치고 싶어 한다. 그러나 만일 죄수들에게 강제로, 예를 들어 나무통 하나에서 다른 통으로 물을 옮겨 담고, 다른 통에서 첫 번째 통으로 다시 옮기라고 시킨다든가, 모래를 빻거나 흙더미를 한 곳에서 다른 곳으로 옮겨 쌓게 하고 다시 반대로 하라고 시킨다면, 아마도 죄수들은 며칠 뒤에 목을 매달거나 혹은 그런 모욕과 수치와 고통에서 벗어나 죽어 버리기 위하여 다시 수천 가지의 범죄를 저지를지도 모르는 일이다.

『죽음의 집의 기록』 제1부 제2장

도스토옙스키는 유형지에서 온갖 유형의 인간 군상을 관찰하면서 이후 펼치게 될 인간론의 토대를 완성했다. 그 토대 중의 하나가 바로 의미에 대한 욕구다. 인간에게 생리적 욕구가 먼저인지 아니면 의미에 대한 욕구가 먼저인지를 따지는 것은 별 의미가 없다. 많은 경우 그 두 가지는 동시에 충족을 요구한다. 단조롭고 의미도 없고 목적도 없는 일은 인간에게 형벌일 뿐만 아니라 인간을 또 다른 죄로 유도하는 동기가 될 수 있다. 〈무용하고 희망 없는 노동보다 더 끔찍한 형벌은 없다〉고 카뮈는 말한다. 도스토옙스키는 여기서 한 걸음 더 나아가 그런 형벌에 처해진 인간은 거기서 벗어나기 위해 수천 가지 범죄를 저지를 수 있다고 경고한다.

그들의 조롱을 피하기 위해서 나는 일부러 할 수 있는 한 열심히 공부하기 시작했고 반에서 1등을 차지했다. 이것은 그들에게 인상을 남겼다. 그 외에도, 그들은 내가 그들이 읽을 수도 없으며 이해할 수도 없는 것들(우리의 특수 교과 과정에도 포함되어 있지 않았던)과 그들이 들어 보지도 못한 책들을 이미 읽었다는 것을 매우 천천히 깨닫기 시작하고 있었다. 그들은 이 사실에 매우 거칠고 조롱하는 듯한 태도를 보였다. 그러나 그럴수록 그들은 도덕적으로 패배감을 느꼈다. 왜냐하면 선생님들까지도 이러한 사실로 인해 내게 주의를 기울였기 때문이다. 조롱은 그쳤으나 혐오는 남아 있었다. 그리고 차갑고 긴장된 관계가 성립되었다.

『지하로부터의 수기』 제2부 제3장

학교는 평범성을 가르치는 곳이어서는 안 된다. 학교는 모두에게 탁월성의 기회를 주어야 한다. 평범성은 때 이른 절망이고 절망에서 자극되는 소박함이며 심리적인 마비다. 〈좋은 게 좋은 거다〉라는 식의 사고방식이 습관화되면 우리는 획일화에 안주한다. 〈클릭〉과 〈좋아요〉로 단순화되는 세계에서 탁월함은 증발한다. 순응과 타협을 너무도 일찍 가르치는 사회는 스스로 미래를 차단한다. 〈악마는 미지근함의 왕자요 타협의 제왕이다.〉

「왜 그런 줄 아세요? 딱 한 가지 이유가 있어서 그래요. 아마 내가 이렇게 말해서 적이 놀랐겠지요. 당신은 가장 파렴치하고, 가장 교만하고, 가장 비열하고 추악한 범인 (凡人)의 전형이자 화신이자 그 극치이기 때문이에요. 당신은 거만한 범인이고, 자신을 의심할 줄 모르는 범인이 며, 가장 태연자약한 범인의 챔피언이에요. 당신은 상투적 인물의 대명사예요. 당신의 머리나 가슴에는 아무리 하찮더라도 자기만의 독자적인 사상이 전혀 없어요. 그 대신 끝없는 질투심으로 가득 찼지요. 당신은 자기가 가장 위대한 천재라고 확신하고 있지만, 그러나 이따금 암울한 순간에 당신의 마음속에도 의심이 솟구치지요. 그러면 당신은 화를 내기도 하고 부러워하기도 하지요.」

『백치』 제4부 제2장

이폴리트가 예판친 장군의 음흉한 비서 가냐를 비난하는 대목. 도스토옙스키는 평범함을 증오했다. 그에게 평범함이란 〈보통 사람〉을 수식하는 단어가 아니다. 상투적이고 속악하고 천박하고 무사안일한 속성, 남들 하는 것은 모조리 쫓아 해야 안심하는 성격이 그가 말하는 평범함의 핵심이다. 이런 평범함은 탁월함을 견딜 수 없어 하고 탁월함을 비판하고 거부한다. 그래서 부도덕하다.

니콜라이 프세볼로도비치는 기질상 공포를 모르는 사람이었다. 결투에서는 상대의 총구 앞에 냉정하게 서 있을 수도 있었고, 야수처럼 침착하게 상대를 겨누어 죽일 수도 있었다. 누군가에게 뺨을 맞으면 그는 결투를 신청할 것도 없이 그 자리에서 바로 자신을 모욕한 사람을 죽였을 것이다. 그는 바로 그런 인간이었으므로, 제정신을 잃는 법 없이 완전한 의식을 가지고 죽였을 것이다.

『악령』 제1부 제5장

〈공포를 전혀 모른다〉는 이 한마디로 도스토옙스키는 니힐리스트들의 우두머리 스타브로긴을 규정한다. 완벽한 허무와 접한 인간, 권태의 극에 도달한 인간은 실존에 의미를 부여하는 모든 것을 상실했으므로 공포조차도 초월한다. 그런 인간에게는 타인이라는 존재 자체가 아예 부재한다. 완벽한 무감각과 무관심과 무위가 그의 특징이다. 스타브로긴을 통해 도스토옙스키는 권태가 왜 악인지를 보여 준다. 체호프는 말했다. 〈무관심은 영혼의 마비이자 때 이른 죽음이다.〉

# 044

「여기로 오면서, 그러니까 이 도시로 오면서, 나는 열흘 전에 결국 역할을 맡기로 결정했네. 역할을 맡지 않은 나 자신의 모습이라면 가장 좋겠지만 말일세, 그렇지 않은가? 그런데 내 모습만큼 교활한 것도 없지. 아무도 나를 믿어 주지 않으니 말이야. 나는 솔직히 바보 역할을 하고 싶었네. 바보가 내 모습보다는 더 쉽기 때문이지. 하지만 바보는 어쨌든 극단적이고, 극단적인 것은 호기심을 불러일으키는 법이니, 나는 결국 내 모습으로 남기로 했네. 그럼 나 자신의 모습이란 어떤 것일까? 그것은 중용일세. 어리석지도 않고 영리하지도 않으며, 그다지 재능도 없고, 이곳의 분별 있는 사람들이 말하듯이 달에서 뚝 떨어진 것과 같은 거지. 그렇지 않은가?」

『악령』 제2부 제1장

스타브로긴의 행동 대장이자 모든 악행의 배후인 표트르 베르호벤스키의 자기 평가. 사주하고 도모하고 기획하고 조종하는 역할에 최적화된 그는 실제로 천재적인 악당이 아니다. 그는 오히려 지성의 영역에서 평범한 편이며 그 점이 역할 수행을 성공으로 이끈다. 너무 바보스럽거나 너무 현명한 사람이 시선을 끄는 동안 양자의 중간 어딘가에 속한 그는 실로 여러 가지 사악한 일을 성사시킨다. 도스토옙스키에게 〈평범성의 악〉은 지속적으로 등장하는 테마다.

블라디미르 호티넨코 감독이 제작한
TV 드라마 「악령」(2014) 포스터.

---

「오, 나의 악마는 어떤 모습일까! 그건 그냥 작고 추악하고 허약한 작은 악마, 콧물이나 흘리는 실패한 부류들 중 하나일 뿐일 거야.」

『악령』 제2부 제3장

스타브로긴의 자기 평가. 어쩌면 악이란 원래가 우리가 생각하는 것보다 훨씬 초라하고 단조롭고 소소한 것일지도 모른다. 〈악은 언제나 똑같다. 실제의 악은 음산하고 단조롭고 삭막하고 지루하다. 반면 상상 속의 선은 지루하게 느껴지지만 실재의 선은 언제나 새롭고 매혹적이다.〉 시몬 베유의 말은 도스토옙스키 소설의 주석처럼 읽힌다.

「이보게, 스타브로긴, 산을 평평하게 만든다는 것은 웃긴 생각이 아니라 좋은 생각이라네. 나는 시갈료프에게 찬성일세! 교육도 필요 없고 학문도 그만하면 됐지! 학문이 없더라도 천 년 정도는 견딜 수 있는 재료가 충분하네만, 복종이 자리를 잡아야지. 이 세상에 단 하나 부족한 것이 있다면 그것은 복종일세. 교육에 대한 갈망은 이미 귀족적인 갈망이라네. 아주 조금이라도 가정적인 것이나 사랑이 있다면 바로 소유욕이 생기지. 우리는 갈망을 파괴할 것이네. 우리는 음주, 유언비어, 밀고를 퍼뜨릴 것이네. 우리는 전대미문의 방탕함을 퍼뜨릴 것이네. 우리는 모든 천재를 유아기에 짓눌러 버릴 걸세. 모든 것을 하나의 분모로 만들어 버리면 완전한 평등이 되지.」

『악령』 제2부 제8장

행동 대장 표트르가 전체주의 사회의 비전을 제시하는 대목. 범속성은 폭풍 같은 인간의 열정을 길들이고 모든 위대한 것을 깔아뭉개고 모든 창조적 생각을 축소시키고 모든 야망에 침을 뱉고 모든 다양성을 획일화시키는, 그리하여 전 인류를 소소하고 균등하게 만드는 인간 소멸의 조건이다. 그것은 무제한의 권력을 위한 가장 든든한 발판이다.

---

방금 여관방에서 권총 자살을 한 투숙객이 발견되어 경찰을 기다리고 있다고 누군가가 갑자기 알려 주었다. 그러자 곧 자살자를 보러 가자는 의견이 나왔다. 그 생각은 사람들의 지지를 얻었다. (……) 그들 중 한 명이 바로 이때 큰 소리로 〈정말 모든 일이 지루해졌으니, 재미있기만 하다면 그런 오락을 사양할 필요는 없겠지요〉라고 말했던 게 기억난다.

『악령』 제2부 제5장

일군의 니힐리스트들이 지루함을 못 이겨 자살자 구경에 나선다. 인간은 구경의 대상이 아니다. 대놓고 혹은 몰래 타인의 고통을 구경하는 것보다 더 잔인하고 부도덕한 일이 어디 있을까. 권태는 감각적으로 자극되는 눈의 쾌락을 극한까지 밀어감으로써 무차별적으로 정신을 교살한다. 키르케고르가 〈권태는 모든 악의 근원이다〉라고 단언할 법도 하다.

「인간은 자기가 행복하다는 것을 모르기 때문에 불행한 거야. 단지 그 때문이네. 그것뿐이야, 그것뿐! 그걸 깨닫는 사람은 바로 그때, 그 순간 행복해진다네. 시어머니는 죽고 여자아이 혼자 남는다면, 그것도 좋은 일이지. 나는 문득 그걸 발견했네.」

「사람이 굶어 죽어도? 누군가 어린 소녀를 괴롭히고 능욕해도? 그것도 좋은 일인가?」

「좋은 일이지. 어린아이의 머리를 내려치는 인간이 있어도, 그건 좋은 일이네. 내려치지 않는다면, 그것 역시 좋은 일이고. 모든 게 좋은 일이야, 모든 게. 모든 것이 좋다는 것을 알고 있는 사람에게는 모든 것이 좋은 것이네. 사람들이 자기들에게 좋다는 것을 안다면 그들에게 좋은 것이지만, 자기들에게 좋다는 것을 모른다면 좋지 않은 것이라네. 이것이 사상의 전부일세. 더 이상은 아무것도 없네!」

「자네가 그렇게 행복하다는 것을 언제쯤 알게 되었나?」

「지난주 화요일에, 아니 수요일이군. 한밤중이었으니 이미 수요일이었네.」

『악령』 제2부 제1장

신이 되기 위해 자살을 감행하는 키릴로프의 논지. 현세의 모든 것을 초극한 듯 들리는 그의 말은 처음부터 끝까지 거짓이다. 거기에 문제가 있다. 〈이래도 한세상 저래도 한세상〉이니 그냥 행복하게 살자는 얘기가 아니다. 그는 이 세상의 그 무엇도 그 어떤 의미도 없다는 얘기를 하는 것이다. 세상의 모든 의미를 다 거머쥐고 싶은 탐욕이 이 세상에는 그 무엇도 그 어떤 의미도 없다는 허무 쪽으로 뒤집어지는 데는 많은 시간이 필요 없다. 탐욕은 천박해 보이지만 허무주의는 무언가 〈있어 보인다〉는 것이 다를 뿐이다.

자살 직전의 키릴로프.
M. 두르노프, 1880년경.

「자네에게 많은 행복을 기원하지는 않겠네. 지루할 테니. 불행을 바라지도 않네. 민중의 철학을 따라 그냥 다시 한번 말하지. 〈오래오래 살게나〉, 그리고 어떻게든 너무 지루한 삶이 되지 않도록 노력하게나. 이 쓸데없는 소망은 내가 덧붙여 주는 것이네. 그럼, 잘 가게, 진심으로 잘 가게. 그리고 문 앞에 서 있지 말게. 문을 열지 않을 테니.」

『악령』 제3부 제2장

　행복을 일종의 달성해야 할 목표로 삼는다면 행복 추구는 부질없는 것이 되어 버린다. 행복에 도달하고 나면 곧 지루해지기 때문이다. 페소아가 말했듯이 지루함이란 〈고통 없는 고통이자 생각 없는 생각이다〉. 생로병사처럼 그 누구도 피해 갈 수 없는 것이 지루함이다. 다만 인간이 지루함에 대처하는 방식은 각기 다르다. 지루함에 대처하는 방식이 어느 정도는 선악을 가르는 척도가 되기도 한다. 산다는 것 그 자체에 삶의 의미가 있다는 것을 깨닫는 것, 지금 이 순간 내게 주어진 일에 헌신하는 것, 이 정도면 지루함에 대해 비교적 잘 대처하는 것 아닐까.

「그들은 살아 있는 삶의 적들이었소. 자신들의 독립을 두려워하는 시대에 뒤떨어진 자유주의자들, 사상의 하수인들, 개성과 자유의 적들, 썩은 고깃덩어리와 썩은 음식을 선전하는 노쇠한 설교자들이었단 말이오! 그들은 무엇을 가지고 있었을까? 고령의 나이, 중용, 가장 속물적이고 비열한 무능함, 질투에 찬 평등, 자존심을 갖추지 못한 평등, 하인들이 이해하는 수준의 평등, 혹은 93년 프랑스인들이 이해했던 평등이었소…… 중요한 것은 사방에 비열한 놈들, 또 비열한 놈들, 또 비열한 놈들뿐이었다는 것이오!」

『악령』 제3부 제5장

　니힐리스트 그룹에서 벗어나고자 하는 샤토프가 부인 마리에게 하는 말. 『악령』은 정치 소설인 만큼 대사도 논쟁적이고 저돌적인 것들이 많다. 소설에서 샤토프는 도스토옙스키를 일정 정도 대변하는 역할을 한다. 그가 입에 거품을 물고 비판하는 중용은 도스토옙스키 사전에서 권태, 정신의 교살, 허무, 무력함, 비굴한 처세술, 평범함, 범속함과 동의어다. 우리가 미덕이라 생각하는 중용을 그는 소시민적인 타협으로 바라본다. 때로 자신에 대한 신뢰의 전적인 부재가 중용이란 이름으로 불리기도 한다.

「도대체 위대한 사상이란 무엇입니까?」

「돌을 빵으로 변하게 한다는 것, 바로 그거야말로 위대한 사상 아니겠니?」

「가장 위대한 것입니까? 정말 가장 위대한 길을 말씀하신 겁니까? 그것이 가장 위대한 것입니까?」

「매우 위대한 것이지. 그래, 대단히 위대한 거야. 그러나 가장 위대한 것은 아니다. 위대한 것이기는 하지만 2차적인 것이며, 바로 이 순간에만 위대하다고 할 수 있겠지. 사람이란 배가 부르게 되면 지난날의 일은 회상하지 않는다. 회상은커녕 바로 그 자리에서 〈자, 이제는 배가 부릅니다. 이번에는 무엇을 해야 하지요?〉 하는 법이다. 그러니 문제는 영원히 미해결로 남게 되는 거지.」

『미성년』 제2부 제1장

　　주인공 아르카디와 그의 친부 베르실로프가 주고받는 대화. 권태의 의미를 사회학적이고 경제학적인 차원에서 다루고 있다. 굳이 인간의 욕구 단계설 같은 것을 언급하지 않더라도 물질적인 충족에 인간이 안주하지 않는다는 것은 자명하다. 인간 삶의 본질은 움직임에 있기 때문이다. 우리는 원하던 것을 얻었을 때 욕망의 구속에서 벗어났다고 생각한다. 그러나 대부분의 경우 이제까지의 욕망 대신 다른 욕망의 권역으로 들어갈 뿐이다. 우리는 죽을 때까지 무언가를 욕망한다. 그러므로 개인의 행복도 한 사회의 복지도 단순한 셈법으로는 결코 설명할 수 없다. 쇼펜하우어는 인간의 삶을 고통과 권태 사이에서 진자처럼 왔다 갔다 하는 비극이라 생각했다.

갑자기 나는 세계가 존재하거나 혹은 아무것도 존재하
지 않거나 내게는 마찬가지라고 생각하게 되었다. (……)
점차로 나는 앞으로도 아무것도 존재하지 않으리라고 확
신하게 되었다. 그러다가 어느덧 나는 타인에 대해 화내
지 않을 뿐 아니라 타인에게 거의 신경을 쓰지 않게 된
것이다.

「우스운 인간의 꿈」

이 단편의 주인공은 교양과 지능을 갖춘 관리이다. 그에게는 열정
도 목표도 희망도 아무것도 없다. 죽음 같은 권태가 그의 삶을 잠식
한다. 타인에 대해, 세상에 대해 그는 완전한 무관심으로 대응한다.
〈아무래도 상관없다〉는 것은 우리의 삶이 토해 낼 수 있는 가장 무
서운 한숨일 수 있다. 인간의 삶은 경계선에 걸쳐 있다. 한쪽에는 삶
이 있고, 다른 한 쪽에는 허무의 심연이 있다. 때로 허무는 너무나 강
력해서 그것만이 리얼리티처럼 보인다. 우리가 무엇을 하건 허무는
언제나 그 자리를 지키며 우리가 건너오기만을 기다리는 것 같다.

# 권력

도스토옙스키가 인간 본성의 심연에서 찾아낸 가장 강력한 성향은 권력에의 의지이다. 권력을 향한 욕구는 심리적인 영역에서 정치적이고 사회적이고 종교적인 영역까지 광범위하게 포진해 있는 보편적인 인간의 특성이다. 권력은 일종의 중독이다. 그것은 인간이 체험할 수 있는 가장 강력한 중독이자 인간이 끊어 버려야 할 가장 끔찍한 중독이다. 권력, 지배, 소유, 심판은 하나로 묶여 교만이라는 악을 형성한다. 그러나 인간은 권력 중독을 해독시켜 주는 다른 성향, 즉 배려와 희생과 나눔의 성향도 함께 가지고 있다. 인간에게는 위에서 아래로 〈짓밟는 원칙〉도 있지만 좌우 옆으로 〈공존하는 원칙〉도 있다. 인간의 〈인간다움〉은 수직에서 수평 쪽으로 기울이려는 노력에 달려 있다.

채찍으로 때리는 권세에 한번 맛들인 사람, 하느님에 의해 자신과 같이 인간으로 창조된 형제들의 육체와 피, 영혼을 지배하고, 더할 수 없는 모욕으로 그들을 멸시할 수 있는 권력을 경험해 본 사람은 그 자체에 도취하게 된다. 포악함은 습관이 된다. 이것은 차차 발전하여 마침내는 병이 된다. 나는 아무리 훌륭한 인간이라 해도 이러한 타성 때문에 짐승처럼 우매해지고 광폭해질 수 있다고 생각한다. 모름지기 피와 권세는 인간을 눈멀게 하는 법이다. (……) 권력이란 마약과 같은 것이기 때문이다. 이런 현상에 대해 무관심한 사회는 이미 그 기초가 위협받고 있는 것이나 마찬가지다.

『죽음의 집의 기록』 제2부 제3장

유형지에서 도스토옙스키는 권력의 본질을 읽어 냈다. 이후 그의 소설은 권력의 해부학이라 해도 좋을 정도로 권력을 입체적으로 조망한다. 권력보다 더 인간을 매혹하는 것도 없고 권력보다 더 인간을 비인간화시키는 것도 없다. 모든 중독 중에서 가장 끔찍한 것이 권력 중독이다. 중독자는 중독이 주는 쾌감을 위해 이 세상 모든 것을 다 희생한다. 권력에 중독된 사람은 지배자가 아니라 중독의 노예이다.

그는 퇴역을 하자 회색 말 두 필을 팔아 버리고, 그다음은 모든 재산을 처분하였으며, 매우 궁색한 신세가 되었다. 나중에 우리는 낡은 문과 외투에 휘장이 달린 모자를 쓴 그를 만났다. 그는 심술궂게 죄수들을 노려보았다. 그러나 그가 제복을 벗는 순간 그의 모든 영화는 사라진 것이다. 제복을 입은 그는 천둥이자 신이었지만, 외투를 입은 그는 갑자기 아무것도 아니었으며, 마치 하인처럼 되어 버린 것이다. 이러한 인간들에게 제복이란 얼마나 많은 의미를 지니는 것인지 놀라운 일이다.

『죽음의 집의 기록』 제2부 제8장

유형지에서 죄수들에게 포악하게 굴었던 어느 소령 얘기다. 한 인간의 격은 완장을 찼을 때와 벗었을 때의 차이가 얼마나 큰가에 달려 있다. 그 차이가 적을수록 인간다움은 커진다. 어쩌면 그 차이가 너무나도 적은 사람, 즉 인간의 격을 최대한으로 지키는 사람은 처음부터 완장 같은 것은 거부할지도 모른다.

그들은 아무것도, 어떤 현실적인 삶도 이해하지 못했고, 맹세하건대 바로 이것 때문에 나는 그들에 대해서 더욱더 혐오감을 느끼게 되었다. 정반대로, 그들은 가장 명백하고 눈에 확 띄는 현실을 환상적일 정도로 어리석은 방법으로 받아들였다. 그리고 그때부터 오직 성공만을 존경하는 데 익숙해 있었다. 그들은 모욕받고 짓밟힌 것들을 잔인하고 수치스럽게 조롱했다. 그들에게 직위란 지성과 동등한 것이었다. 열여섯에 그들은 이미 편하게 돈 벌 수 있는 직업에 관해서 이야기하고 있었다. 물론 이 많은 것들은 어리석음과 그들의 유년기와 청년기를 끝없이 감싸고 있던 나쁜 본보기들 때문이다. 그들의 타락은 추악할 정도였다.

『지하로부터의 수기』 제2부 제3장

활동의 세계와 사유의 세계는 언제나 대립해 왔다. 학교는 두 세계 모두가 요구하는 지식을 가르친다. 활동의 세계에서 성공이란 곧 지배하는 능력을 의미한다. 사유의 세계는 그 세계와는 다른 세계가 있음을 인정하고 정신적인 눈으로 인간과 삶을 관조하는 사람들의 세계이다. 이 세계에서의 이른바 〈성공〉은 지배와는 전혀 다른 어떤 것을 의미한다. 아니, 이 세계에는 성공이란 개념 자체가 존재하지 않는다. 두 세계 모두 현실이다. 양자 간의 균형이 무너질 때 학교는 단순한 직업 학교가 된다. 그리고 추악하게 타락한 인간을 무더기로 배출한다. 19세기에도 그랬고 지금도 그렇다.

정말 만국 박람회는 놀랄 만하다. 당신들은 세계 각지로부터 온 이 무수한 사람들을 하나의 무리로 통합하는 무서운 힘을 느끼게 될 것이다. 당신들은 거대한 사상을 인식하게 될 것이다. (……) 만약 이 거대한 장치를 만들어 낸 강력한 정신이 얼마나 오만한지, 자신의 승리와 성공을 얼마나 오만하게 확신하고 있는지를 알게 된다면 당신은 그 거만함, 완고함, 맹목성에 전율할 것이다. 그리고 이 오만한 정신에 현혹되어 지배당하는 사람들 때문에 전율할 것이다.

「여름 인상에 대한 겨울 메모」

1851년 5월 1일부터 10월 15일까지 런던 근교 수정궁에서 만국 박람회가 개최되었고 6개월이 채 못 되는 기간 동안 전 세계에서 6백만 인파가 몰려들었다. 〈오프라인〉에서 개최된 이 축제는 첨단 기기와 기술로 전 세계를 연결한다는 명분을 내세웠다. 도스토옙스키는 모두가 환호하는 이 축제에서 권력의 그림자를 보았고 공포감에 사로잡혔다. 그가 여기서 지적하는 오만한 정신을 21세기의 거대 IT 제국에 대입시켜도 충분히 의미가 통할 것 같다.

만국 박람회 개막식 풍경.
외젠 라미, 1851년.

아니, 내게 소중한 것은 돈이 아니었다! 그때 내가 바라고 있던 것은 딱 한 가지였다. 내일 내가 다시 돈을 따게 되면 긴츠 같은 무리들과 급사장 같은 무리들, 그리고 바덴의 모든 화려한 부인들이 한결같이 나에 관한 이야기를 하고 내게 감탄을 하며 그 일에 대해 찬사를 보내고 또 고개를 숙일 것이다. (……) 아, 내게 중요한 것은 돈이 아니다! 내게 그런 돈이 생긴다면 나는 또다시 그 돈을 블랑슈 같은 여자에게 뿌릴 것이고, 또다시 1만 6천 프랑이나 나가는 한 쌍의 말을 타고 3주 동안 파리를 돌아다닐 것이 분명하다.

『노름꾼』 제17장

도스토옙스키는 권력과 권력 중독을 도박 중독을 통해 해부한다. 주인공이 중독에서 벗어날 수 없는 이유는 바로 그 〈지배하고 있다는〉 환상 때문이다. 그 환상의 맛을 본 이상 도박을 지속해야 한다. 돈은 더 이상 문제가 아니라고 그가 말하는 것은 반만 진실이다. 돈에는 언제나 권력의 속성이 들어 있으니까.

그는 나를 시험해 보기 시작했다. 하지만 나는 아무것
도 모르고 있었다. 신문을 들여다 본 적도 거의 없었고,
또 최근 들어 책 한 권 들추어 본 일도 전혀 없었다.

그가 말했다. 「당신은 감각을 잃어버린 것입니다. 당신
은 삶도 거부했고, 자신과 사회의 이익도 거부했고, 시민
과 인간으로서 해야 할 의무도 거부했고, 친구도 거부했
습니다. 당신에게는 어쨌든 친구들이 있었지 않습니까.
뿐만 아니라 돈을 따는 것 말고는 그 어떤 목표들도 단념
했고, 심지어 자신의 추억까지도 단념하고 말았습니다.」

『노름꾼』 제17장

소설의 마지막 장면에서 미스터 에이슬리가 주인공에게 하는 말.
그는 중독에 대해 정확한 정의를 내리고 있다. 주인공의 도박 중독이
사실상 권력 중독임을 고려해 본다면 그의 지적이 더욱 예리하게 와
닿는다. 일단 권력에 맛을 들이면 모든 것을 다 잃어버릴 때까지 멈
출 수가 없다.

……그는 말 옆을 지나 앞으로 뛰어나가 사람들이 말의 눈, 바로 눈동자를 치는 광경을 보았다! 소년은 울었다. 심장이 터질 것만 같았고, 눈물이 쏟아졌다. 때리고 있는 사람 중 한 사람이 그의 얼굴을 쳤지만, 그는 그것을 느끼지도 못하고, 손을 쥐어 비틀고, 소리 지르고, 고개를 저으면서, 이 짓들을 못마땅해하고 있는 허연 수염을 가진 백발의 노인에게로 달려갔다. 어떤 아낙이 그의 손을 붙잡고 그를 데리고 가려 했지만 그는 손을 뿌리치고 다시 말에게로 달려갔다. 말은 기진맥진해 있었으나 다시 한번 뒷발질을 시작했다.

『죄와 벌』 제1부 제5장

라스콜니코프가 꾸는 꿈. 꿈속에서 그는 어린 시절 마을로 돌아간다. 선술집 근처에서 술 취한 마부가 힘없는 말을 때려죽이는 것을 목격하고 오열한다. 도스토옙스키는 소년 시절 아버지와 함께 마차를 타고 모스크바에서 상트페테르부르크로 가는 도중에 이와 유사한 폭력을 목격했다. 이때 그의 머릿속에 들어온 것은 권력의 먹이사슬이었다. 맞는 사람은 자기보다 더 약한 사람을 때린다. 마지막 폭력의 고리는 가장 약한 존재가 죽을 때 비로소 끊어진다.

「내가 당신을 어떻게 생각하는지 아십니까? 만일 당신이 신앙이나 신을 발견하게 된다면 당신은 창자를 찢긴다 해도 꿋꿋이 서서 자신을 괴롭히는 사람의 얼굴을 미소를 띠고 바라볼 수 있는 그런 사람입니다.」

『죄와 벌』 제6부 제2장

예심 판사 포르피리가 살인범 라스콜니코프를 규정하는 대목. 칭찬처럼 들리지만 무서운 말이다. 러시아 구교도들이 신앙을 위해 불구덩이 속으로 자진해서 들어간 사례를 빗대어 하는 말이다. 신앙 대신 신념 혹은 이념을 넣으면 어떻게 될까? 답은 근본주의다. 신념을 지키기 위해서라면 자신의 창자가 찢어지는 것도 감수하는 사람은 다른 사람의 창자도 찢을 수 있다. 이것은 신념이 아니라 이미 광기에 가깝다.

「어떻게 하느냐고? 부숴야 할 것은 단번에 때려부수어 버려야 해. 그러면 돼. 그러고는 고통을 스스로 짊어지는 거야! 뭐라고? 이해하지 못했다고? 나중에 이해하게 되겠지……. 자유와 권력, 그중에서도 중요한 것은 권력이야! 떨고 있는 모든 피조물과 모든 개미 군단들에 대한 권력이야!」

(……)

「나는 그때 알게 되었어, 소냐. 권력은 용기를 내서 몸을 굽혀 그것을 줍는 자에게만 주어진다는 사실을 말이야. 오직 하나, 하나만이 필요한 거야. 용기를 내는 일만이 필요한 거야!」

『죄와 벌』 제4부 제4장

이런 대목은 사실 반드시 맥락과 함께 읽어야 한다. 권력이 전부임을 강변하는 라스콜니코프의 대사는 소냐가 「요한의 복음서」 중 〈라자로의 부활〉 부분을 낭송한 직후에 나온다. 대사의 내용 못지않게 대사의 위치가 중요하다. 라자로 부활 스토리는 〈그를 풀어 주어라〉라는 그리스도의 명령으로 마무리된다. 즉 라자로가 죽음의 구속으로부터 해방되어 자유를 찾는다는 것이 이 스토리의 핵심이다. 반면 라스콜니코프는 마치 성서에 도전장이라도 들이밀듯 소냐의 낭송이 끝나자 자유가 아닌 권력이 자신의 선택지임을 선포한다. 소설의 나머지 부분은 이런 라스콜니코프가 결국 라자로의 궤적을 밟아 나가는 데 할애된다.

전 세계가 아시아에서 유럽으로 번지는 어떤 전무후무하고 무시무시한 전염병의 희생물이 되어야 할 운명에 놓여 있었다. 아주 적은 수의 선택받은 사람들을 제외하고는 모두들 죽어야만 했다. 어떤 새로운 섬모충이 나타났는데, 이것은 현미경으로만 볼 수 있는 존재로 사람들의 몸속에 기생해서 살았다. 그러나 이 생물은 지성과 의지를 부여받은 영(靈)적 존재였다. 이 생물에 감염된 사람들은 즉시 발광해서 미쳐 버리게 되어 있었다. 그러나 감염된 사람들만큼 자기가 진리에 확고히 뿌리를 박은 현명한 사람이라고 여기는 사람들은 일찍이 없었다. 이 사람들은 자신의 판단, 자신의 과학적인 결론, 도덕적인 확신과 신앙을 이때보다 더 확고하게 느껴 본 적이 없었던 것이다. 온 마을이, 온 도시가, 모든 사람들이 감염되어서 미쳐 갔다. 모두들 불안에 빠졌고, 서로를 이해하지 못하며, 오로지 각자 자기 속에만 진리가 있다고 생각하며, 다른 사람들을 보면서 괴로워하고, 가슴을 치면서 울부짖으며 손을 쥐어 틀었다. 누구를 어떻게 판단해야 할지 몰랐고, 무엇이 악이고 무엇이 선인지 의견의 일치를 볼 수 없었다. (……) 온 인류가 그리고 모든 것들이 파멸해 갔다. 전염병은 점차 기세등등해져서 더욱 멀리까지 퍼져 나갔다.

『죄와 벌』 에필로그 제2장

라스콜니코프의 마지막 꿈. 작금의 팬데믹 세상을 예언하는 듯한 묵시록적인 꿈이다. 합리성에 대한 신념이 강철 같은 권력에의 의지와 결합한다면 이런 식의 종말은 충분히 예측 가능하다. 도스토옙스키가 거의 SF 디스토피아와도 같은 이런 내용을 소설에 삽입했다는 것 자체가 신선하다.

# 063

「너는 내가 주머니에서 은화 세 개만 보여 주면 발가벗고 바실리옙스키섬까지 뛰어갈 놈이다! 너는 그런 작자야. 그게 너의 속성이라고! 그렇기 때문에 내가 너를 돈으로 매수하러 여기 온 거다. 내가 이런 장화를 신고 왔다고 해서 신경 쓸 거 없어! 난 돈이 많단 말이다. 너를 산채로 몽땅 사버리고 말 테다……. 그리고 당신들을 모두 사버리고 싶다! 모든 걸 사버릴 거다!」

『백치』 제1부 제10장

수백억을 유산으로 물려받은 로고진이 인물들을 향해 외치는 말. 〈모든 것을 살 수 있는 힘〉은 돈의 가장 중요한 속성이다. 필요한 물건을 사거나 럭셔리 제품을 사서 즐거움을 누린다는 뜻이 아니다. 산다는 것은 구매해서 소유하고 누린다는 뜻 이외에 구매해서 지배한다는 뜻을 갖는다. 〈산 채로 몽땅 사버리겠다〉는 것은 사서 지배하고 마음껏 짓밟는다는 뜻이다. 구매의 대상이 인간이 될 때, 그리고 인간에게 가격표가 붙여질 때 권력과 돈과 악의 삼중주가 완성된다.

「조합의 회원 각자는 서로서로 지켜보고 밀고할 의무가 있다. 개인은 전체에 속해 있고, 전체는 개인에 속해 있다. 모든 사람은 노예이며, 노예라는 점에서 평등하다. 극단적인 경우에는 중상과 살인도 가능하지만, 중요한 것은 평등이다. (……) 이것이 시갈료프주의라네! 노예는 평등해야 한다. 독재가 없는 곳에는 자유도 평등도 아직 없었지만, 가축 떼 속에는 틀림없이 평등이 있다. 이것이 시갈료프주의라네! 하-하-하, 이상한가? 나는 시갈료프주의에 찬성인데!」

『악령』 제2부 제8장

모사꾼이자 선동가이자 살인범인 표트르가 설명하는 전체주의 이론. 국민을 하향 평준화시켜 노예로 지배한다는 내용이다. 노예들 간의 평등은 사실상 평등이 아닌 균등이다. 모든 전체주의 지도자가 아마도 신앙처럼 믿는 말일 것이다.

우리 도시에 여러 종류의 저급한 인간들이 나타났다는 것은 이미 언급했다. 불안정한 혼란의 시대나 과도기에는 어디서든 항상 여러 종류의 저급한 인간들이 나타나기 마련이다. 나는 항상 다른 사람들보다 앞서 나가는(이것은 그들의 주요 관심사다), 상당히 자주 어리석게 행동하긴 하지만 그래도 다소 일정한 목적을 가지고 있는 소위 〈선두 주자〉들을 말하는 것이 아니다. 아니, 나는 다만 불한당 같은 놈들에 관해 말하고 있는 것이다. 과도기에는 언제든 이런 불한당 같은 놈들이 두각을 드러내기 마련인데, 그들은 어떤 사회에나 존재하며, 아무런 목적도 없을 뿐만 아니라 사상의 징조 같은 것도 없이 온 힘을 다해 불안과 초조만을 표현할 뿐이다. 그런데 이 불한당 같은 놈들은 자신들도 알지 못하는 사이 거의 항상 소수의 〈선두 주자〉 무리의 지휘를 받는 상황에 처하는데, 이 소수의 무리는 일정한 목적을 가지고 행동하며, 만약 그들이 완벽한 바보들로만 구성되어 있는 것이 아니라면, 물론 그런 경우도 있긴 하지만, 이 쓰레기들을 어디로든지 향하게 할 수 있다.

『악령』 제3부 제1장

시대의 선두 주자가 아닌 시대의 부산물이 가끔씩 약간의 재능과 소양을 가지고서 앞줄에서 활약하는 경우는 어느 시대에나 볼 수 있는 현상이다. 그들이 그보다 나은 어떤 인물, 혹은 어떤 세력, 심지어 자신도 모르는 어떤 신념의 꼭두각시라는 것은 그들 자신만 모른다.

아니, 알면서도 복종에서 오는 묘한 쾌감이나 혹은 이득 때문에 그러기도 한다. 그들의 특징은 책임 회피에 끝없이 매료된다는 사실이다. 그들은 스스로의 사상을 고민하고 싶지도 않고 자발적으로 나서서 불이익을 당하고 싶지도 않기 때문에 기꺼이 자신의 독자성을 선두 주자들의 발치에 갖다 바친다.

「만일 러시아가 그들의 방식대로 갑자기 개조된 다거나, 아니면 갑자기 엄청나게 부유해지거나 행복해진 다면, 그들은 가장 먼저 지독하게 불행해지고 말 거야. 그렇게 되면 그들에겐 증오할 대상이나 침 뱉을 대상이 없어지고 조롱거리가 없어지거든! 거기에는 러시아에 대한 동물적이고 끝없는 증오, 유기체를 좀먹는 증오밖 에 없어…….」

『악령』 제1부 제4장

권력 쟁취에 가장 편리한 도구 중의 하나가 증오다. 증오 속에서 인간은 연대하고 연대를 통해 지배한다. 공동의 증오만큼 우리에게 강렬하고 유쾌한 결합의 의지를 선사하는 것도 없다. 그리스도의 사 랑이 이루지 못한 것을 공동의 증오가 해낸다던 하이네의 말이 생각 난다.

에르켈은 머릿속에 황제의 분별력과 같은 주요한 분별력은 갖추지 못한 그런 〈멍청이〉였지만, 하찮은 부하의 분별력은 꽤 가지고 있었으며 교활하기까지 했다. 〈공동의 과업〉에, 하지만 사실은 표트르 스테파노비치에게 광적으로 어린아이처럼 충성을 바치고 있는 그는, 우리 일당의 회의에서 내일에 대비하여 약속을 하고 역할을 정할 때 그에게 부여된 표트르 스테파노비치의 지시대로 행동했던 것이다. 표트르 스테파노비치는 그에게 전령역할을 맡기면서 10분 정도 짬을 내어 한쪽에서 그와 이야기를 나누었을 뿐이었다. 이처럼 지시를 이행하는 역할이, 하찮고 이성적이지도 않으며 영원히 타인의 의지에 복종하기를 갈망하는 본성을 가진 그에게는 잘 맞았다. (……) 감수성이 예민하고 다정하고 선량한 에르켈은 아마도 샤토프를 목표로 모여들었던 살인자들 중에서 가장 냉혹한 사람이었을 것이며, 아무런 개인적 원한도 없으면서 눈도 깜박하지 않고 그의 살해에 동참했을 것이다.

『악령』제3부 제5장

가장 나약하고 가장 자존감이 없는 부류의 인간들이 전체주의에 가장 쉽사리 굴종한다. 도스토옙스키가 만들어 낸 대단히 흥미로운 인물 유형 중 하나가 바로 이 에르켈이라는 소년이다. 에릭 호퍼는 미지의 힘이 자신을 지켜 준다고 믿는 것, 자아를 버리고 임무에 헌신하는 삶에서 환희를 느끼는 것 등이 무정하고 단호한 행동으로 이어진다고 지적했다.  에르켈이 딱 여기 해당하는 인물이다. 나치 친위대, 홍위병, 전체주의 국가의 청년 단체, IS 추종자들 중에 에르켈 같은 아이는 얼마든지 발견할 수 있다.

# 고통

고통은 도스토옙스키 문학 전체를 아우르는 핵심 화두다. 고통은 절대적이고도 상대적인 것이다. 빈곤과 질병을 비롯한 숱한 고통 속에서 살았던 그는 고통을 실존의 제1조건으로 간주했다. 그는 개인의 고통을 만들어 내는 요인들, 즉 빈곤과 육체적이고 정신적인 질병, 중독, 가까운 사람의 죽음 등을 소재로 소설을 썼으며 그것을 바라보는 인간의 시각을 입체적으로 조망했다. 어떤 고통은 그 고통에 관해 언급하는 것 자체를 부도덕하게 만든다. 또 어떤 고통은 삶의 본질에 합류함으로써 위대한 것이 된다. 그런 고통은 〈위로〉나 〈힐링〉을 거부한다. 힐링은 위대한 고통을 단순 외상으로 축소시켜 일회용 반창고를 붙여 줄 따름이다. 인간은 타인의 고통과 자신의 고통이 스쳐 지나가듯 만나는 지점에서 성장한다. 타인과 자신의 고통에 대한 대응 방식이 인간의 운명을 결정하기도 한다.

# 068

---

그러나 방 안은 웬일인지 답답합니다. 악취라고는 할 수 없지만, 굳이 표현하자면 썩은 듯하고 코를 찌르는 달짝지근한 어떤 냄새가 풍깁니다. 처음에 좋지 않은 인상을 받게 되지만 이 모든 게 그리 대수로운 건 아니지요. 우리 방에서 2분 정도만 서 있으면 이 냄새는 없어져 버리고, 이 냄새가 어떻게 없어져 버리는지도 느끼지 못하게 됩니다. 왜냐하면 어쩐지 자기 몸에서도 냄새가 나고 옷에서도 손에서도, 그리고 모든 것에서 냄새가 나기 때문에 그 냄새에 익숙해지기 때문이죠. 그래서인지 우리가 사는 이 집에서는 검은머리방울새가 자꾸 죽어 버립니다. 해군 소위가 벌써 다섯 마리째 검은머리방울새를 샀는데, 정말이지 이 집 공기 속에서는 살 수 없는가 봐요.

『가난한 사람들』 4월 12일 편지

주인공 마카르가 자신의 숙소를 설명하는 대목. 악취 때문에 죽어나가는 방울새와 빈민굴에 남아 악취에 적응해 가는 사람들의 대비가 잔인하게 다가온다. 극빈, 극빈에서 풍기는 악취, 그리고 방울새보다 질기고 모진 생명에 대한 자각, 이 중에서 무엇이 가장 고통스러울까.

그들은 참으로 불쌍한 사람들이에요! 그들의 방은 항상 고요하고 조용해서 마치 아무도 안 사는 것 같아요. 심지어 애들 목소리도 들리지 않는답니다. 애들이 떠들고 장난치는 모습을 본 적이 없으니 이건 나쁜 징조지요. 언젠가 한 번 밤에 우연히 그들이 사는 방 앞을 지나친 적이 있는데, 그때는 왠지 평상시와는 달리 집 안이 조용했습니다. 흐느껴 우는 소리가 들리고, 뒤이어 속삭이는 소리가 들리고, 다시 흐느껴 우는 소리가 들렸지요. 분명 사람이 울고 있었는데, 그게 조용하고 너무 애처로워서 내 가슴이 찢어질 것만 같았어요. 그 후 이 가엾은 사람들에 대한 생각이 머리에서 밤새 떠나지 않아 잠을 제대로 잘 수가 없었습니다.

『가난한 사람들』 4월 12일 편지

마카르 역시 극빈자이지만 그의 눈에는 옆방 극빈자 가족의 처지가 더 비참하다. 그가 가난한 사람을 묘사하는 방식이 경이롭다. 아이들조차 떠들지 못하게 하는 가난, 우는 것조차 큰 소리로 울지 못하게 하는 가난은 설명을 불허하는 절대적인 고통이다.

눈 뜨고 볼 수 없을 만큼 그는 괴로워했다. 사람들은 그를 도우려고 루바시카를 벗겨 주었다. 앙상하게 뼈만 남은 손과 발, 등에 붙은 뱃가죽, 앙상히 드러난 가슴, 마치 해골을 그려 놓은 듯한 그의 기다란 몸을 보는 것은 섬뜩한 일이었다. 그의 몸에 남겨진 것이라곤 주머니에 든 나무 십자가와 족쇄뿐이었고, 이미 그 족쇄에서 말라 빠진 두 발을 빼낼 수 있을 정도였다. 그가 죽기 30분 전 우리 모두는 조용해져서 소곤거리며 이야기했다. 걸어다니는 사람은 발소리를 죽여 가며 옮겨 다녔다. 다른 화제에 대해서만 몇 마디 이야기를 주고받을 뿐, 사람들은 이따금 쉰 목소리를 내며 죽어 가는 사람을 응시하고 있었다. 마침내 그는 힘이 없어 허우적거리는 손으로 가슴에 얹힌 부적 주머니를 뜯어 내기 시작했다. 마치 그것의 무게조차도 감당하기 어렵고 그것이 그를 불안하게 하고 압박하고 있다는 듯이. 사람들이 부적 주머니를 벗겨 주었다. 10분 뒤, 그는 죽었다.

『죽음의 집의 기록』 제2부 제1장

주인공이 시베리아 유형지에서 어느 죄수의 마지막을 묘사하는 대목. 고통은 문자 그대로 인간의 피와 살을 갉아 먹는다. 고통의 무게가 점점 늘어날수록 육신의 무게는 점점 줄어든다. 그가 어떤 삶을 살았건, 그가 무슨 죄를 지었건 신은 그를 용서했을 것이다. 족쇄에서 그냥 빠지는 앙상한 두 발은 고통으로부터의 자유를 보여 준다. 한없이 슬프고 장엄한 자유를.

그러나 나는 인간이 진정한 고통을, 즉 파괴와 혼돈을 결코 거부하지 않을 것이라고 확신한다. 왜냐하면 고통은 의식의 유일한 원인이기 때문이다. 의식은 인간의 가장 큰 불행이라고 처음에 내가 공언하였지만, 나는 인간이 그것을 사랑하고 있으며 어떤 만족과도 바꾸지 않을 것이라는 것을 알고 있다.

『지하로부터의 수기』 제1부 제9장

주인공은 인지 과학적인 의미에서의 의식을 얘기하는 것이 아니다. 고통은 의식의 원인이지만 동시에 의식이 고통의 원인이기도 하다. 의식하지 않는다는 것은 고통을 원천적으로 차단하려는 방어적 제스처다. 정서적인 마취제를 스스로에게 투여해서 모든 고통으로부터 자신을 보호하려는 이기적인 전략이다. 이것이 극에 이르면 소시오패스가 된다.

# 072

여기서 내가 생각한 쓸모없는 질문을 하나 해보겠다. 어느 것이 더 나은가, 실제로? 싸구려 행복인가 아니면 고상한 고통인가?

『지하로부터의 수기』 제2부 제10장

비용이 많이 드는 행복과 비용이 적게 드는 행복 얘기가 아니다. 품위 있게 당하는 고통 얘기도 아니다. 하찮은 물질적 조건에 달려 있는 행복은 싸구려 행복이다. 그러나 물질적 조건의 수위가 조금 더 높아진다 해도 역시 거기 달려 있는 행복은 싸구려 행복이다. 고통의 경우는 이와 조금 다르다. 고통은 조건과 상관없이 우리가 수용하는 방식에 따라 우리의 격을 달라지게 한다.

「가난은 죄가 아니라는 말은 진실입니다. 저도 음주가 선행이 아니라는 것 정도는 알고 있습니다. 그건 더할 나위 없는 진실이지요. 그러나 빌어먹어야 할 지경의 가난은, 존경하는 선생 그런 극빈(極貧)은 죄악입니다. 그저 가난하다면 타고난 고결한 성품을 그래도 지킬 수 있습니다. 그러나 극빈 상태에 이르면, 어느 누구도 결단코 그럴 수 없지요. 누군가가 극빈 상태에 이르면, 그를 몽둥이로도 쫓아내지 않습니다. 아예 빗자루로 인간이라는 무리에서 쓸어내 버리지요. 그렇게 함으로써 더 모욕을 느끼라고 말입니다. 잘하는 일입니다. 극빈 상태에 이르면 자기가 먼저 자신을 모욕하려 드니까요. 그래서 술집이 있는 겁니다!」

『죄와 벌』, 제1부 제2장

극빈자 마르멜라도프가 술집에서 늘어놓는 장광설. 고통의 가장 적나라하고 모멸스럽고 무의미하고 피할 수 없는 형태가 극빈이다. 극빈은 일종의 선을 넘은 고통이다. 음주는 선을 넘은 상태에서 인간이 스스로를 모욕하는 방식 중의 하나이다. 어떤 사람은 고통을 잊기 위해 마시고 또 어떤 사람은 고통을 배가시키기 위해 마신다. 술은 비참한 사람의 비참함을 가중시킨다. 이미 도덕과 부도덕의 경계가 모호할 정도로 비참한 사람에게 술은 추악함이란 낙인까지 찍어 준다.

선술집의 라스콜니코프와 마르멜라도프.
니콜라이 카라진, 1893년.

「그런데 그가 꾸어 주지 않으리라는 것을 잘 알면서도, 여전히 꾸러 가는 겁니다. 그리고……」

「대체 왜 가는 거지요?」 라스콜니코프가 끼어들었다.

「어쩌면 찾아갈 만한 사람이 아무도 없어서, 아니면 더 이상 찾아갈 데가 없으니까 그렇지요! 어떤 인간이든 아무 데라도 찾아갈 만한 곳은 필요한 법이니까요. 왜냐하면 어디든 반드시 가야만 할 때가 있으니까요. (……) 아시겠습니까, 아시겠어요, 선생? 더 이상 갈 데가 그 어느 곳에도 없다는 것이 무엇을 의미하는지를? 아니에요! 선생은 아직 그걸 이해하지 못할 겁니다……」

『죄와 벌』 제1부 제2장

돌아갈 곳은 희망이다. 최악의 상황에서 손을 내밀 수 있는 누군가가 있는 사람은 그래도 살 수 있다. 벼랑 끝에 선 사람에게 갈 곳이란 없다. 갈 곳이 있었더라면 벼랑 끝까지 내몰리지도 않았으리라. 더 이상 갈 곳이 없는 사람이 선택하는 〈갈 곳〉은 사실상 갈 곳이 아니다.

「어떨까요? 고난도 역시 좋은 일이겠지요. 고난을 받으십시오. 고난을 원하는 니콜라이가 어쩌면 옳은 건지도 모릅니다. 믿어지지 않는다는 것을 압니다. 교활하게 머리를 짜내지도, 아무 생각도 하지 말고, 삶 속으로 뛰어드십시오. 그러면 곧장 당신은 어떤 해안에 도달해서 두 다리로 서게 될 겁니다. 어떤 해안이냐고요? 그걸 내가 어떻게 알겠습니까? 난 단지 당신은 아직 더 살아야 한다고 믿을 뿐입니다.」

『죄와 벌』 제6부 제2장

예심 판사 포르피리가 살인범 라스콜니코프에게 하는 말. 여기서 중요한 구절은 〈아직 더 살아야 한다〉는 바로 그 대목이다. 고난을 받아들인다는 것은 삶을 산다는 것과 같은 얘기다. 도스토옙스키 소설에서 삶과 고통은 거의 언제나 동의어다.

「로디온 로마노비치, 그들에게 〈고난을 당한다〉는 것이 어떤 것을 의미하는지 아십니까? 누구를 위해서가 아니라, 그냥 〈고난을 당하는 것이 필요한 것〉입니다. 그건 고난을 받아들인다는 의미이지요. (……) 고난은, 로디온 로마노비치, 위대한 것입니다. (……) 고난 속에는 사상이 있습니다.」

『죄와 벌』 제6부 제2장

고난 속에 있는 사상을 우리는 겸손이라 부른다. 교만한 사람은 고난을 결코 이해하지도 수용하지도 못한다. 그래서 고난은 위대한 것이다.

현재에는 대상도 없고 목적도 없는 불안, 미래에는 아무 보상도 받을 수 없을 끊임없는 희생, 바로 이것이 그의 앞에 놓여 있는 세상의 전부였다. 8년 후에도 그는 겨우 서른두 살밖에 되지 않을 것이며, 또다시 삶을 시작할 수 있다고 해서 그게 어떻다는 말인가? 그가 왜 살아야 한단 말인가? 무엇을 염두에 두고 살아야 하는가? 무엇을 지향해야 하는가? 다만 존재하기 위해서 산다고? 그러나 과거에 그는 사상과 희망을 위해서라면, 아니 하다못해 공상을 위해서라도 자신의 전 존재를 수천 번이나 희생할 준비가 되어 있었다. 단순히 존재한다는 것만으로 그는 만족할 수 없었다. 그는 항상 무언가 더 큰 것을 원했다. 어쩌면 그는 자신의 갈망이 강했다는 것 하나만 보고서, 당시에 스스로를 다른 사람보다 더 많은 것을 하도록 허용된 사람으로 여겼던 것인지도 모른다.

『죄와 벌』, 에필로그 제2장

살인을 자백한 뒤 시베리아 유형지에서 라스콜니코프가 하는 생각. 라스콜니코프에게 주어진 벌은 유배형보다 먼저 그가 체험하는 시간에 새겨진다. 수치스러운 과거, 불안한 현재, 희망 없는 미래가 모든 시간이라면 그것이 곧 감옥이다. 욕망이 크다고 해서 그가 큰 사람은 아니다. 욕망이 삶의 전부인 사람은 그 욕망이 무산될 때 삶도 잃어버리고 시간도 잃어버린다.

「피할 수 있다는 희망이 분명히 없을 거라는 사실 속에 처참한 고통이 있는 겁니다. 이보다 더 심한 고통은 이 세상에 없어요. 전쟁터에 있는 병사를 끌고 와서 바로 대포 앞에다 세워 두고 그에게 대포를 쏘아 보려고 해보세요. 그래도 병사는 희망을 버리지 않을 겁니다. 그런데 이 병사에게 사형 선고문을 〈분명하게〉 낭독해 보세요. 그 병사는 미쳐서 울부짖기 시작할 겁니다. 인간은 미치지 않고서도 그러한 고통을 참아 낼 수 있는 능력이 있다고 누가 말했지요?」

『백치』 제1부 제2장

주인공 미시킨 공작의 말. 도스토옙스키 자신이 사형장에서 처형 5분 전에 극적으로 사면된 경험이 있기 때문에 그의 소설에서는 이 체험의 변형된 에피소드가 자주 등장한다. 결국 가장 끔찍한 것은 희망이 없다는 사실, 죽음의 확실성이다. 더 이상의 그 어떤 여지도, 희망도 없는 상태는 인간을 광기로 몰아간다.

그것은 스위스에서였다. 그가 치료를 받던 첫해, 스위스에 간 지 얼마 안 되던 달이었다. 그때 그는 거의 백치에 가까운 상태였다. 말도 제대로 할 줄 모르고, 사람들이 자기에게 무얼 원하는지도 이해하지 못했다. 그는 태양이 밝게 비치는 어느 날 산에 올라가서 오랫동안 풀리지 않는 고통스러운 상념으로 인해 괴로워했다. 그의 위에는 빛나는 하늘이 있었고, 아래로는 호수가 있었고, 밝고 끝없이 펼쳐지는 지평선이 있었다. 그는 오랫동안 풍광을 바라보며 괴로워했다. 자신이 이 밝고 끝없는 푸르름을 향해 두 손을 뻗고 울었던 일이 떠올랐다. 이 모든 것과 무관한 이방인이라는 생각이 그를 괴롭혔던 것이다. 대체 이 향연이 무엇이란 말인가? 오래전부터, 유년 시절부터 항상 그에게 손짓해 오던, 그러면서 도저히 접근할 수 없었던 끝이 없는, 언제나 위대한 저 축제는 대체 무엇이란 말인가? 매일 아침 저와 똑같은 태양이 떠오르고, 매일 아침 폭포수 위로 무지개가 서고, 매일 저녁이면 저 멀리 하늘 가장자리에 있는 만년설의 고봉은 자줏빛 불꽃으로 타오른다. 〈햇볕을 받으며 내 곁에서 윙윙거리는〉 작은 파리는 어느 것이나 〈이 모든 향연과 합창의 동반자로서 자신의 위치를 알고 그 위치를 사랑하며 행복해한다〉. 작은 풀잎은 한 포기마다 자라나며 행복을 느낀다! 모든 것에는 자기의 길이 있고, 모든 것은 자기의 길을 알고 있다. 모두 다 노래를 부르며 물러섰다가 노래를 부르며 온다. 오로지 그 혼자만이 사람이든 소리이든 아무것도 모르고, 아무것도 이해하지 못한다. 모든 것이 이질적인 그는 낙오자다. 아, 물론 그는 이 모든 것을 말할 수 없었고, 자신의 문제를 표현할 수 없었다. 그는 벙어리 냉가슴 앓듯 괴로워했었다.

『백치』 제3부 제7장

　우리를 묵상으로 유도하는 대목이다. 우리가 만일 유한한 삶 속에서 무한을 느낀다면 아마도 무한은 견딜 수 없는 무게로 다가올 것이다. 주인공 미시킨 공작이 느끼는 고통은 실존적이고 신학적이다. 그것은 3차원적 존재가 4차원을 얼핏 볼 때 느끼는 현기증 아닐까.

아무렇게나 벗어 놓은 옷가지와 고가의 흰색 실크 드
레스, 꽃송이 리본 등이 침대 위, 발 언저리, 침대 옆 안락
의자, 심지어는 마룻바닥 위로 무질서하게 흩어져 있었
다. 머리맡의 작은 탁자 위에는 벗어서 던져 버린 다이아
몬드 목걸이가 반짝거렸다. 발치에는 갈가리 찢어진 레
이스가 엉켜 있었고, 희끗거리는 그 레이스 위로는 하얀
시트 밑으로 비죽 나온 맨발의 끝이 보였다. 발끝은 마치
대리석으로 깎아 만든 것처럼 무섭도록 꼼짝도 하지 않
았다. 공작은 눈을 부릅뜨고 바라보았지만 바라보면 볼
수록 방 안에 깔린 죽음 같은 정적이 더욱더 적막하게 느
껴졌다. 잠에서 깨어난 파리 한 마리가 갑자기 윙윙거리
며 날갯짓을 하더니 침대 위를 맴돌다가 머리맡에서 잠
잠해졌다.

『백치』 제4부 제11장

있는 것이 없는 것보다 훨씬 더 우리를 두렵게 하는 물건들이 있
다. 도끼나 칼을 의미하는 것이 아니다. 자질구레한 것들, 삶을 지속
시켜 주기 위해 반드시 있어야 하는 물건들, 장식품, 옷가지, 벽에 걸
린 달력 같은, 아주 일상적인 물건들 얘기다. 사람이 죽고 나면 왜 이
런 물건들이 그토록 우리의 가슴을 미어지게 할까. 그 물건들은 철저
하게 형이하학적이기 때문에 철저하게 형이하학적인 삶을 가능하게
해주는 동시에 그 삶이 끝나면 바로 그 형이하학적임을 무참하도록
노골적으로 드러내기 때문 아닐까. 살해당한 나스타시야의 시신은
보이지 않고 오로지 이불 밖으로 삐죽 나온 그녀의 발만 보인다. 여
기에 살아 있을 동안 그녀를 아름답게 꾸며 주었던 여러 가지 물건들

과 파리 한 마리를 더해 도스토옙스키는 숨이 멎을 듯 슬프고 섬뜩한 장면을 만들어 냈다.

「집채만 한 크기의 바위가 있는데, 그것이 위에 매달려 있고 당신이 그 아래 있다고 생각해 보십시오. 바위가 당신 머리 위로 떨어진다면, 아플까요?」

「집채만 한 바위가요? 물론 무섭지요.」

「공포에 대해 말하는 것이 아닙니다. 고통스러울까 하는 것입니다.」

「백만 푸트나 되는 산만 한 바위요? 고통을 느끼고 자시고 할 것도 없겠지요.」

「하지만 실제로 그 밑에 서보십시오. 바위가 공중에 매달려 있는 동안 당신은 아프겠다는 생각에 정말 두려워질 것입니다. 가장 뛰어난 학자건, 가장 뛰어난 의사건 누구나 정말 두려움을 느낄 것입니다. 누구나 다 아프지 않다는 걸 알면서도 아프겠다는 생각에 정말 두려워질 것입니다.」

『악령』 제1부 제3장

니힐리스트 키릴로프가 화자와 나누는 대화의 한 토막. 논리적으로 일리가 있는 이론처럼 들린다. 대부분의 경우 우리는 고통 자체보다 고통에 대한 두려움으로 더 고통당한다. 이 두려움은 그러나 우리 본성 중의 하나이므로 결코 극복할 수 없다. 그 두려움을 완벽하게 극복한다는 발상 자체가 인간의 비인간화를 초래한다.

「삶은 고통입니다, 삶은 공포입니다. 그래서 인간은 행복하지 않습니다. 지금은 모든 것이 고통과 공포입니다. 지금 인간은 삶을 사랑합니다. 왜냐하면 고통과 공포를 사랑하기 때문이지요. 그런 식으로 만들어진 것입니다. 삶은 현재 고통과 공포를 대가로 주어진 것이며, 이것이 바로 기만이라는 겁니다. 현재의 인간은 아직 진정한 인간이 아닙니다. 행복하고 당당한 새로운 인간이 나타날 것입니다. 살아 있건, 살아 있지 않건 상관없는 인간, 그들이 새로운 인간이 될 것입니다. 고통과 공포를 이겨 내는 인간, 그가 스스로 신이 될 것입니다. 그리고 이때 신은 존재하지 않게 될 것입니다.」

「그렇다면 당신 생각엔 신이 존재한다는 말입니까?」

「신은 없습니다, 그러나 신은 있습니다. 바위 자체에는 고통이 없지만, 바위에 대한 공포에는 고통이 있습니다. 신은 죽음의 공포가 야기하는 고통입니다. 고통과 공포를 이겨 내는 인간, 그가 스스로 신이 될 것입니다. 그때 새로운 삶이, 새로운 인간이, 새로운 모든 것이 생겨날 것입니다……」

『악령』 제1부 제3장

인간이 완벽하게 고통과 공포를 극복할 때 인간은 곧 신이 된다는 키릴로프의 생각은 여러 변주로 현대의 삶에서도 환기될 수 있다. 〈완벽하다〉는 말이 문제가 되기 때문이다. 어떤 결함이나 부족을 완벽하게 극복하고 제거한다는 것 자체가 문제가 된다. 모든 결함이나 모든 부족이나 모든 고통의 종착역은 죽음이므로 죽음을 극복할 때 인간은 신이 된다. 그러나 모두가 신이 된 이 세상은 얼마나 끔찍할 것인가.

「겨우 세 살배기였어요. (……) 장례를 치르고 났지만 잊혀지지가 않아요. 꼭 제 앞에 살아 있는 것 같아요. 제 영혼은 다 말라 버렸어요. 그 애의 조그만 속옷이나 저고리 혹은 장화만 보아도 울음이 터져 나오지요. (……) 여기 녀석의 조그만 허리띠가 있지만, 그 애는 죽고 없어요. 이제 저는 결코 그 애를 볼 수도, 그 애의 목소리를 들을 수도 없어요!」

그녀는 품속에서 자기 아들의 장식 달린 조그만 허리띠를 꺼냈다. 그리고는 그것을 보자마자 흐느낌으로 몸을 떨었다. 얼굴을 가렸던 손가락 사이로 갑자기 강물처럼 눈물이 흘러내렸다.

『카라마조프 씨네 형제들』, 제1부 제2권

막내아들을 먼저 떠나보낸 농부 아낙네의 말. 인간에게 가장 큰 고통은 자식의 죽음일 것이다. 도스토옙스키는 자식의 죽음을 두 번이나 겪어야 했다. 죽은 아기의 〈장식 달린 조그만 허리띠〉는 이 세상에서 가장 슬픈 물건이다.

「그러니 위안을 얻으려 하지 말고 그냥 우세요. 단지 울 때마다 당신의 아들이 하늘나라의 천사가 되어 내려 다보다가 당신의 눈물을 보고 기뻐하며 그것을 하느님께 알려 드린다는 사실을 반드시 기억하십시오. 그리고 앞으로도 오랫동안 당신은 어머니의 위대한 슬픔을 겪게 되겠지만 결국 그것은 고요한 기쁨으로 변하여 그 쓰라린 눈물도 죄악으로부터 구원해 주는 고요한 위안과 진정한 정화의 눈물이 될 겁니다. 그러면 저세상으로 떠난 당신의 어린 아들을 위해 기도해 드리겠습니다.」

『카라마조프 씨네 형제들』 제1부 제2권

슬픔이 너무 클 때 어떤 사람은 거기서 벗어나는 것을 거부한다. 너무 큰 슬픔은 때로 죄악으로 변질되기도 한다. 사막 교부 에바그리우스가 슬픔을 〈악한 생각〉 중 하나로 본 것은 다 이유가 있다. 거대한 슬픔 앞에서 우리를 위로해 줄 수 있는 것은 거의 없다. 타인의 고통에 대해 우리가 할 수 있는 것도 별로 없다. 섣부른 위로의 말은 때로 최악의 선택지가 되기도 한다. 위로에 대한 기대도, 보상에 대한 기대도 다 접었을 때 예기치 않은 방식으로 위로가 찾아오기는 한다. 위로받을 수 없다는 사실만이 위로가 되는 그런 고통이 인생에는 있다.

「내가 힘겨운 고통에 빠질 수는 있겠지만, 그렇다고 다른 사람이 내가 겪는 수준만큼 고통을 느낄 수는 없는 법이지. 왜냐하면 그는 다른 사람이지, 내가 아니기 때문이야. 게다가 인간은 다른 사람의 고통을 인정하는 데 아주 인색하거든(마치 무슨 특권인 양 말이야). 너는 어째서 인간이 그 문제에 인색하다고 생각하니?」

『카라마조프 씨네 형제들』제2부 제5권

모든 고통은 절대적이고 상대적이다. 나의 고통은 절대적이건 상대적이건 결국 나만의 고통이다. 그러므로 타인이 내 고통을 경험적으로 이해한다는 것은 불가능하다. 대체로 인간은 공동의 슬픔 속에서 연대한다. 그러나 슬픔 속에서의 연대가 내 고통을 경감시켜 줄 정도로 오랫동안 지속된다는 보장은 없다. 연대 속의 슬픔이 내 삶을 의미 있게 해주는 것도 아니다. 운명이 나에게 주는 고통을 피하기 위해 울부짖으며 여러 가지 우회로를 밟아 보지만 결국 내가 돌아오는 곳은 고통과 정면으로 마주하는 바로 그 장소, 세상에 하나밖에 없는 그 지점이다. 그 지점에 섰을 때 고통 속에 담겨 있는 행복을 발견할 수 있을지는 그 누구도 장담할 수 없다. 그러나 그 지점에 서지 않고는 결코 자유를 획득할 수 없다.

# 086

「내가 궁극적으로 인류를 행복하게 만들고 평화와 안정을 가져다줄 목적으로 인류의 운명의 건물을 건설한다면, 그러나 그 일을 위해서 단 하나의 미약한 창조물이라도, 아까 조그만 주먹으로 자기 가슴을 치던 불쌍한 계집애라도 괴롭히는 것이 불가피한 일이므로 그 애의 보상받을 수 없는 눈물을 토대로 그 건물을 세우게 된다면, 그런 조건 아래에서 건축가가 되는 것에 동의할 수 있겠니? 자, 어디 솔직히 대답해 봐!」

「아니, 동의할 수 없을 거예요.」 알료샤가 나직한 목소리로 대답했다.

「네가 건설한 건물 속에 사는 사람들이 어린 희생자의 보상받을 길 없는 피 위에 세워진 행복을 받아들이는 데 동의하고 결국 받아들여서 영원히 행복해진다면, 넌 그런 이념을 용납할 수 있겠니?」

「아니오, 용납할 수 없어요.」

『카라마조프 씨네 형제들』 제2부 제5권

이반과 알료샤의 대화. 『카라마조프 씨네 형제들』에서 가장 유명한 대목 중의 하나. 여러 변주의 형태로 현대 문학과 지성사에 반복적으로 등장한다. 한 사람의 고통과 여러 명의 행복 중 어떤 것을 선택해야 하는가. 특히 이 한 사람이 아무 죄도 없는 어린아이라면 당신은 어떻게 할 것인가. 그 누구도 가볍게 답을 내놓을 수 없는 딜레마다. 아니 우리는 어쩌면 이미 〈어린 희생자〉 위에 세워진 행복을 누리며 살아가고 있는지도 모른다. 〈우리들이 이 순간 행복하게 웃고 있는 것은 어딘가에서 까닭 없이 울고 있는 사람의 눈물 때문입니

다. 우리들이 건강한 것은 어딘가에서 까닭 없이 병을 앓고 있는 환
자들 덕분입니다.〉(최인호,『서울주보』, 2012. 1. 1.)

알료샤와 이반의 대화.
M. 로이테르, 1956년.

---

그리 멀지 않은 곳에 마을이 있었고 우중충하고 볼품 없는 시골 농가들이 시야에 들어왔다. 농가의 절반은 불에 타버려 불에 그을은 기둥들만이 서 있었다. 마을에 도착하자 길가에는 시골 부인들이, 많은 부인들이 긴 행렬을 이룬 채 늘어서 있었다. 한결같이 바싹 마른 흙빛 얼굴을 하고 있었다. (……) 그녀의 품 안에서는 갓난아이가 울고 있었는데, 말라붙은 젖가슴에서는 젖이 한 방울도 나오지 않는 것이 분명했다. 갓난애는 울고 또 울어대며 굶주림에 푸른빛이 감돌기 시작한, 주먹을 쥔 앙상한 두 팔로 몸부림을 쳐댔다. (……) 그는 지금까지 한 번도 느껴 보지 못한 어떤 감동이 가슴속에서 솟구쳐 울고 싶은 심정이 되었고, 아기들이 더 이상 울지 않도록, 까만 얼굴에 바싹 마른 아기의 어머니들이 눈물을 흘리지 않도록, 지금부터는 어느 누구도 더 이상 눈물을 흘리지 않도록 무언가 돕고 싶다는 마음이 들었다. 어떤 방해가 있더라도 시간을 질질 끌지 않고 카라마조프적 결단을 내려 지금 당장 무언가 도와야 한다는 생각이 들었던 것이다.

『카라마조프 씨네 형제들』 제3부 제9권

드미트리가 꾸는 꿈. 인류에게 닥친 고통의 지옥을 보여 주는 대표적인 장면으로 자주 인용된다. 절대적인 고통, 그 누구도 어찌해 볼 수 없는 고통, 우리가 편안한 안락의자에 앉아 저녁 뉴스를 볼 때 끊임없이 접하게 되는 〈다른 어떤 곳〉의 지옥 같은 고통이다. 이런 고통 앞에서 우리는 무력하다. 그러나 우리와 같은 다른 인간이 지금도 어딘가에서 이런 고통을 겪고 있다는 사실을 잊고 살 수는 없다. 드미트리가 이것을 깨달을 때 그는 비로소 갱생의 길에 들어선다. 카뮈의 말이 생각난다. 〈혼자만 행복하다는 것은 부끄러운 일이지요.〉

「그분은 지금 모든 희망을, 이 세상의 모든 희망을 일류사에게 걸고 있어. 일류샤가 죽어 버린다면, 그분은 그 슬픔을 이기지 못하고 미쳐 버리거나 자살하고 말 거야. 요즘 그분을 바라보노라면 거의 그런 확신이 들거든.」

『카라마조프 씨네 형제들』 제4부 제10권

또다시 아이의 죽음 모티프가 등장한다. 이번에는 가난한 이등 대위 스네기료프의 아들 일류샤의 죽음이다. 달랠 길 없는 슬픔은 광기와 폭력을 초래한다. 쌓이고 쌓인 고통이 살인과 자살로 폭발하기도 한다. 슬픔이 악으로 변질될 수 있다는 것이야말로 슬픔의 가장 고통스러운 부분이다.

# 모순

인간에게는 선과 악이 공존한다. 인간에게는 합리적인 일면도 있지만 불합리한 일면도 있다. 그의 모든 감정은 정반대되는 다른 감정과 뒤섞여 있다. 인간 내면에는 빛도 있고 암흑도 있다. 이것은 인간의 장점도 아니고 단점도 아니다. 그냥 이것이 인간이다. 모순이 인간의 파멸을 초래하기도 하지만 모순이 없으면 인간은 존재할 수조차 없다. 도스토옙스키는 이러한 인간의 본성을 무시하는 일체의 이론을 부정했다.

# 089

---

인간의 이익이 절대적인 정확성으로 계산되어 본 적이
있는가? 포함되지도 않았을 뿐 아니라 어떤 범주에도 포
함시킬 수 없었던 것들이 있지는 않았는가? 신사 양반,
내가 아는 한 당신은, 인간의 이익에 관한 당신의 전체
목록을 통계적인 숫자들과 과학·경제 법칙들로부터 얻
어 낸 평균치에 근거하여 만들었다. 당신에게 이익들이
란 행복, 재산, 자유, 평안, 뭐 그리고 그 밖의 것들 등등
이겠지. 여기에 반대하는 사람은, 당신 의견으로는, 그리
고 뭐 물론 내 의견으로도 반계몽주의자이거나 혹은 절
대적으로 미친 놈이겠지.

『지하로부터의 수기』 제1부 제7장

사실 인간과 관련한 그 어떤 것도 절대적인 정확성으로 계산될 수
없다. 인간 불합리성을 고려하지 않는 시스템이나 이론은 그러므로
실패할 수밖에 없다. 가성비와 효율과 수익률로 계산되지 않는 이익
들은 얼마든지 있다.

152 • 153 무슨

당신은 인간이 몇 가지 나쁜 습관들을 완전히 치유받고 상식과 과학이 인성을 완전히 재교육시켜 올바른 방향으로 바꾸어 놓는다면 그는 확실히 그것을 배우게 될 것이라고 굳게 확신하고 있다. 당신은 그때 인간이 자발적인 실수를 하지 않을 것이며, 그 자신의 의지에 반하는, 말하자면 정상적인 이익에 반하는 의지를 펴려고 하지 않을 것이라고 믿고 있다. 그것이 전부가 아니다. 그때, 당신은 과학 그 자체는 인간에게(내 생각으로 이것은 이미 사치스러운 일이지만), 인간은 의지나 혹은 변덕을 부릴 수 있는 자질을 부여받지 못한 상태이고 그런 적도 없었으며, 그리고 인간은 피아노 건반 중의 하나 또는 오르간의 작은 나사못 이상은 아니라는 것을 가르칠 것이라고 말할 것이다.

『지하로부터의 수기』 제1부 제7장

도스토옙스키는 주인공의 입을 빌려 인간 행동을 단순한 입력과 출력으로 계산하고 예측하는 모든 이론, 정량적 실험 전체에 반격을 가하고 있다. 인간의 행동은 예측 불가능하다. 인간은 〈비선형〉이기 때문이다. 비선형인 어떤 것을 선형으로 해석하는 것은 오류일 수밖에 없다. 인간과 같이 고도로 복잡한 유기체를 등식과 부등식으로 설명하는 시도 역시 오류로 끝나게 되어 있다. 이성은 문제를 해결하고 계산을 하고 추론하는 데 적절한 도구이다. 그러나 그것이 반드시 진리와 연관되는 것은 아니다.

그러므로 우리는 단지 자연의 법칙들만 발견하면 되고, 그렇게 되면 인간은 더 이상 자신의 행동에 대해서 책임질 필요가 없으며, 삶은 훨씬 쉬워질 것이다. 모든 인간의 행동들은 말할 필요도 없이, 그때에는 이런 법칙들에 따라 수학적으로 마치 로그표처럼 10만 8천까지 계산되어 달력에 기입될 것이다. 혹은 더 좋은 것은, 어떤 좋은 의도를 가진 출판물이, 즉 오늘날의 백과사전들과도 같은 것들이 나타나게 될 것이며, 그 안에 모든 것들이 대단히 정확하게 계산되고 표시되어서 행동들도 모험들도 더 이상 지구상에 존재하지 않게 될 것이다.

『지하로부터의 수기』 제1부 제7장

인간과 인간의 행동을 자연의 법칙, 혹은 다른 어떤 철통같이 흔들리지 않는 법칙으로 환원시켜 보려는 이론에는 여러 가지 문제가 수반된다. 그중 하나가 책임의 문제다. 환원주의는 인간에게 책임을 면해 준다. 그리고 책임을 면해 줌으로써 인간의 도덕적 결정을 무의미하게 만든다.

「살아 있는 영혼은 삶을 요구하고, 살아 있는 영혼은 기계학에 순종하지 않으며, 살아 있는 영혼은 의심이 많고, 살아 있는 영혼은 반동적이야! (……) 단 하나의 논리로는 인간의 본성을 뛰어넘을 수 없어! 논리는 세 가지의 경우만 예측하지만, 실제로 그 경우라는 것은 수백만 가지나 되거든! 수백만의 경우들을 모두 잘라 내고 모든 것을 안락이라는 한 가지 명제로 귀결시키다니! 과제를 너무 쉽게 해결하려는 거야! 그런 논리는 유혹적일 만큼 분명해서 생각할 것도 없어! 중요한 것은 생각할 필요가 없다는 거야! 모든 인생의 비밀이 단 두 페이지의 종이에 들어가 버리니까!」

『죄와 벌』 제3부 제5장

　라스콜니코프의 친구인 라주미힌의 주장. 합리주의의 문제가 여기서 다시 제기된다. 논리는 인간 본성의 일부이지 전부가 아니다. 도스토옙스키는 논리에 혹은 이성과 합리성에 반대한 것이 결코 아니다. 그는 신비주의자도 아니고 무지와 미신을 신앙으로 포장한 작가도 아니다. 그가 격렬하게 반대했던 것은 이성이 전부라는 생각이었다.

# 093

---

「당신이 그렇게도 증오하고 있는 시궁창 속에서 살고 있으면서도, 동시에 그런 짓으로는 아무도 도울 수 없고, 구할 수도 없다는 사실, 그게 어떻게 무서운 일이 아닐 수 있겠어! 이제 내게 말해 봐요. 어떻게 당신 내면에는 그런 치욕과 저급함이 그와는 정반대인 성스러운 다른 감정들과 함께 섞여 있을 수 있는 거지?」

『죄와 벌』 제4부 제4장

라스콜니코프가 가족을 먹여 살리기 위해 거리로 나선 매춘부 소냐를 몰아붙이면서 하는 말. 세상에는 이성적인 라스콜니코프가 이해할 수 없는 일들이 많다. 인간이 어떤 한계점에 이르면 자신의 행동이 가져올 논리적인 결과와 상관없이 그냥 어떤 행동을 하게 된다. 그런 사람에게 악다구니를 치는 것은 라스콜니코프의 잔인함을 말해 줄 뿐이다. 저급함과 성스러움의 공존 또한 거의 모든 인간의 내면에서 발견되는 특성이다. 오로지 라스콜니코프만 그것을 아직까지도 알지 못할 뿐이다.

라스콜니코프와 소냐.
므스티슬라브 도부진스키, 1920년경.

그래서 나는 다만, 아주 고귀한 이상을 가슴에 품고 있는 인간이 동시에 가장 비열한 감정을 가질 수 있다는 사실에, 아니 그런 인간의(그것은 아마 주로 러시아인의) 능력에 천 번도 더 놀라곤 했다. 과연 그것이 위대한 장래를 표상하는 러시아인의 독특한 포용력의 광대함일까, 아니면 단순히 비열함에 불과한 것일까, 바로 그것이 문제의 핵심이었다!

『미성년』 제3부 제3장

인간의 비열함이 끝을 모른다는 것은 또 그 반대의 고귀함 역시 끝없이 확장될 수 있다는 뜻이다. 비열함과 고귀함 두 가지 모두를 가지지 않은 사람은 사이코패스와 성인뿐일 것이다.

「나는 항상 골목을, 광장 뒤편에 있는 음침하고 인적이 드문 깊은 골목길을 좋아했는데, 그곳에는 모험이, 예기지 않은 사건이, 그러니까 진흙 속의 천연광이 기다리고 있었지. 동생아, 비유적으로 이야기하마. 우리 읍내 골목들이란 물질적인 의미에서가 아니라 도덕적인 의미에서 골목길이야. 네가 나 같은 인간이었다면 그게 무슨 뜻인지 이해할 거다. 나는 방탕한 생활을 좋아했고 방탕한 생활의 철면피 같은 수치심도 좋아했다. 잔혹한 짓도 좋아했다. 정말 나는 빈대나 심술궂은 벌레가 아닐까?」

『카라마조프 씨네 형제들』 제1부 제3권

드미트리는 마음속의 뒷골목과 실질적인 공간으로서의 뒷골목을 병치시킨다. 도스토옙스키의 공간은 거의 모두가 실제의 공간이자 마음속의 공간이다. 드미트리는 이런 뒷골목을 드나들면서도 마음 한쪽에서는 언제나 밝고 넓은 대로를 갈망한다. 그리고 결국 뒷골목에서 빠져나와 그 대로에 들어선다. 그가 뒷골목에서 빠져나오는 과정은 소설 『카라마조프 씨네 형제들』의 가장 중요한 스토리라인 중 하나다.

「사실 인간의 〈동물적인〉 잔혹성에 대해서는 간혹 이야기를 하지만, 그것은 동물들에게 너무나 천부당만부당하고 모욕적인 이야기야. 동물들은 결코 인간들처럼 그렇게 잔인할 수 없어. 기교적이고 예술적으로 잔인할 수는 없거든. 호랑이는 그저 물어뜯고 찢어 놓는 짓밖에 못해. 호랑이한테 설혹 그런 능력이 있다 할지라도 인간의 귀를 밤새도록 못으로 박아 놓을 생각은 하지도 못할 거야.」

『카라마조프 씨네 형제들』 제2부 제5권

이반이 인간의 잔혹성을 상세하게 설명하며 하는 말. 〈짐승 같다〉는 욕이 짐승에 대한 모독일 정도로 인간은 때로 짐승만도 못한 일을 저지른다. 이 사실을 접했을 때 인간이 취할 수 있는 태도는 대략 두 가지이다. 이 사실을 근거로 인간과 세상 모두를 부정하는 것. 아니면 이 사실에도 불구하고 짐승처럼 살지 않기 위해 노력하는 것. 이반은 전자의 길을 가려다가 결국 파멸한다.

「나는 악마가 실제로 존재하는 것이 아니라 인간이 창조해 낸 것이라면, 필경 인간은 자신의 모습과 흡사하게 악마를 창조해 냈을 거라 생각하거든.」
「그건 하느님의 경우와 마찬가지겠지요.」

『카라마조프 씨네 형제들』 제2부 제5권

이반과 알료샤의 대화. 인간 본성의 양면에 대한 단순하면서도 가장 정확한 지적이다.

「결국 그들은 우리들의 발아래 자유를 반납하면서 〈우리들을 노예로 삼되 우리들에게 빵을 주시는 편이 낫습니다〉라고 말할 것이오. 마침내 그들 스스로 지상의 빵과 자유가 양립할 수 없다는 사실을 깨닫게 될 것이오. (……) 결국 우리들한테 빵을 받아 든 그들은, 우리들이 돌멩이를 빵으로 변화시키는 것이 아니라 저희들이 손으로 벌어들인 빵을 거두었다가 다시 나눠 준다는 사실을 알게 되겠지만…….」

『카라마조프 씨네 형제들』, 제2부 제5권

이반의 서사시 「대심문관」에서 가상의 인물 대심문관이 지상에 강림한 그리스도를 향해 던지는 비난의 말. 그리스도는 양심, 자유, 선을 대변하고, 대심문관은 물질적인 안정을 빌미로 권력을 장악하려는 전체주의 세력을 대변한다. 우리 삶은 거의 언제나 그리스도와 대심문관의 줄다리기와도 같다. 인간은 천성적으로 노예이므로 빵만 제공해 주면 군소리가 없다는 것이 대심문관의 주장이지만, 그의 주장이 항구한 진리임이 입증되었던 적은 역사 이래 단 한 번도 없다. 인간은 노예가 아니기 때문이다. 인간은 빵도 원하고 자유도 원한다.

그리스도와 대심문관.
야코프 투를리긴, 1906년.

「여러분과 이야기를 하고 있는 이 사람은 고상한 사람, 고상한 인품을 가진 사람입니다. 중요한 것은 — 부디 이 점에 유의해 주십시오 — 이 사람은 끝없이 비열한 행위를 저질러 왔습니다만 옛날부터 마음속으로는, 마음속 깊은 곳에서는 가장 고결한 인간으로 남아 있었다는 사실입니다. 나로선 한마디로 표현할 길이 없지만 말입니다……. 다시 말해서 나는 고결함에 대한 갈망으로 한평생 고통을 받아 온 것입니다. (……) 그러면서도 나는 우리 모두와 마찬가지로 한평생 비열한 짓만 해왔습니다, 여러분…… 아니, 나 한 사람만 그렇다는 겁니다, 모두가 그렇다는 것이 아닙니다. 나 한 사람만, 나 한 사람만 잘못을 저질러 온 것입니다.」

『카라마조프 씨네 형제들』 제3부 제9권

드미트리의 자기변명. 늘 비열한 짓을 하면서도 고결함을 갈망하는 것은 무척 피곤한 일이다. 고결함에 대한 갈망으로 고통당한다는 것 그 자체가 그를 고결한 인간으로 만들어 주는 것은 아니다. 그러나 그러한 갈망조차 없다면 인간은 과연 무엇이란 말인가.

「우리 러시아인들은 모두 극단적인 사람들입니다. 우리들은 선과 악의 놀라운 혼합체인 것입니다. 우리들은 문명과 실러를 좋아하면서도 술집을 전전하고 술주정뱅이 친구들의 수염을 잡아 뜯고 있습니다. (……) 처음에 그는 고결했으며, 나중에는 극도로 비열했다는 것도 분명합니다. 그러면 그 이유가 대체 뭘까요? 그것은 바로 우리 러시아인의 성격이 매우 광범위하다는 것입니다. 바로 카라마조프식이라는 겁니다. 나는 바로 이 말을 하고 싶었습니다. 러시아인의 심리는 아주 극단적인 모순을 가지고 있으며 또 다른 두 심연을 동시에 들여다볼 수도 있습니다. 우리들 머리 위에 있는 천상의 심연과 우리들 발밑에 있는 가장 저열하고 악취 나는 타락의 심연을 볼 수 있는 것입니다.」

『카라마조프 씨네 형제들』 제4부 제12권

드미트리의 재판에서 검사가 하는 말. 인간의 모순을 러시아인의 특성이자 〈카라마조프〉적 특성이라 지적한다. 결국 그는 인간 본성을 말하고 있다. 인간의 본성은 한없이 광활한 것이다.

# 읽고 쓰기

도스토옙스키에게 읽고 쓰는 것은 혼돈스러운 자신의 삶에 질
서를 부여하려는 지난하고 처절한 노력이다. 그도 그의 인물
들도 많이 읽고 많이 씀으로써 인생의 치열한 요구에 자기식
으로 응답했다. 그러나 독서가 언제나 긍정적인 행위인 것은
아니다. 도스토옙스키는 도피로서의 독서, 책 속에서만 가능
한 이론, 온기가 파고들 틈이 없는 추상적인 사고를 경계했다.

포크롭스키는 가난한, 아주 가난한 젊은이였다. 공부를 계속하러 다닐 수 없을 정도로 그의 건강은 나빴다. 우리들은 그저 습관에 따라서 그를 대학생이라고 불렀다. (……) 그는 화를 잘 내는 성미여서 항상 화를 냈고, 사소한 일에도 냉정을 잃고 우리에게 소리를 지르거나 우리에 대해 불평을 하고 종종 수업도 끝내지 않고 화가 난 채 자기 방으로 들어가 버리곤 했다. 그는 자기 방에 틀어박혀 며칠이고 온종일 책을 읽어 댔다. 그는 많은 책을 갖고 있었는데, 모두가 매우 값비싸고 희귀한 책들이었다. 그는 우리 말고도 몇 군데에서 가정 교사를 해서 약간의 돈을 받았고, 돈이 생기면 그 즉시 책을 사러 나가곤 했다. 시간이 지나면서 나는 그를 더 잘 알게 되었으며 그와 좀 더 가까워졌다. 그는 내가 지금까지 만난 사람들 중에서 가장 선량하고 가장 훌륭한 사람이었다.

『가난한 사람들』, 6월 1일 편지

여주인공 바르바라가 추억하는 첫사랑 포크롭스키. 그의 극빈과 그가 지닌 값비싼 책들이 묘한 대조를 이룬다. 가난한 대학생이 가정 교사를 해서 번 돈으로 사 모으는 귀한 책들은 그의 인격에 대한 일종의 지표다. 신경질적이고 화 잘 내고 예민한 그가 소녀에게 〈가장 선량하고 훌륭한 사람〉이 된 것은 아마도 그가 책을 통해 보여 준 품격 때문일 것이다.

포크롭스키의 방은 매우 엉성하게 치워져 있었고 별로 정연하지도 않았다. 책이 꽂힌 긴 책꽂이 다섯 개가 벽에 못으로 고정되어 있었다. 책상과 의자 위에는 종이가 놓여 있었다. 온통 책과 종이뿐이었다! 난 이상한 생각이 들었고, 동시에 어떤 불쾌감에 사로잡혔다. 그에게 나의 우정이나 애정 같은 건 별거 아니라는 생각이 들었던 것이다. 그는 박식한데, 나는 어리석고 아무것도 아는 게 없으며 책 한 권도 안 읽지 않는가……. 그 순간 나는 책 무게로 휘어진 긴 책꽂이를 부러운 마음으로 바라보았다. (……) 그 즉시 그의 책을 한 권도 남김없이 모두, 그것도 가능하면 빨리 읽어 제치고 싶었다.

『가난한 사람들』 6월 1일 편지

도스토옙스키의 첫 소설은 독서와 책에 관한 이야기로 가득 차 있다. 어린 소녀에게 책만 읽는 청년은 고상해 보인다. 그러나 도스토옙스키는 독서 자체를 신격화시킨 적이 없다. 문제는 사랑이다. 그를 사랑하기에 그에 대해 알고 싶고, 그를 알기 위해서는 그가 읽은 책들을 읽어야 한다. 소녀에게 책은 남자의 내면 그 자체였으리라.

종종 포크롭스키는 내게 책을 갖다주었다. 처음엔 졸음을 쫓으려고 책을 읽었지만 점점 주의를 기울여 읽게 되었고 나중엔 열심히 읽게 되었다. 지금껏 내가 알지 못했던 새로운 많은 것들이 갑자기 내 앞에 나타났다. 새로운 사상과 새로운 인상들이 한꺼번에 넘쳐흐르는 물결처럼 내 가슴으로 밀려들었다. 새로운 인상을 받아들이면서 흥분하면 할수록, 혼란스러워하고 어려워하면 할수록 그 인상들은 내게 더욱 소중하고 더욱 달콤하게 내 영혼을 뒤흔들었다. 이러한 인상들은 갑자기 한꺼번에 내 마음속에 몰려들어 쉴 틈을 주지 않았다.

『가난한 사람들』 6월 1일 편지

소녀가 포크롭스키와 사랑에 빠지는 과정이 책을 읽으며 새로운 세계와 알게 되는 과정과 평행하게 펼쳐진다. 마음에 꼭 드는 책을 발견하여 완전히 몰입해서 읽는 것과 누군가와 사랑에 빠지는 것은 거의 같은 것 아닐까.

안나 표도로브나는 고인의 책과 유물을 모두 가져갔다. 노인은 그녀와 말다툼을 하고 소란을 부리면서 뺏을 수 있는 만큼 책을 빼앗아 옷에 달린 주머니란 주머니에 모두 쑤셔 넣고, 모자 안에도 넣고, 그 밖에 넣을 수 있는 곳에는 다 넣었다. 그리고 사흘 내내 그렇게 가지고 다녔다. 심지어는 교회에 갈 때조차 책을 손에서 놓지 않았다.

『가난한 사람들』, 6월 1일 편지

만일 책이라고 하는 사물에 〈존재론〉이라는 거창한 철학적 개념을 붙일 수 있다면 이 대목이야말로 그 실례가 될 것 같다. 아버지에게 죽은 아들이 읽던 책은 아들의 일부이자 아들의 존재다. 책이 곧 아들이다.

마침내 관을 덮고 못을 박고 마차에 실었다. (……) 노인은 그 뒤를 따라 달려가면서 꺼이꺼이 울었다. 뛰어가느라 울음소리가 떨렸고 간간이 끊어졌다. 가엾은 노인은 모자를 떨어뜨렸지만 그걸 주우려고 멈추지도 않았다. 그의 머리가 비에 흠뻑 젖었다. 바람이 일고, 차가운 공기가 그의 얼굴을 때리고 찔렀다. 노인은 악천후를 전혀 느끼지 못하는 것 같았고, 엉엉 울면서 마차의 이쪽저쪽을 뛰어다녔다. 낡은 프록코트 자락이 날개처럼 바람에 나부꼈다. 모든 주머니에서 책들이 비죽이 기어 나오고, 두 손으론 어떤 커다란 책을 꽉 부둥켜 잡고 있었다. 길 가던 사람들이 모자를 벗고 성호를 그었다. 어떤 이들은 걸음을 멈추고 이 가련한 노인을 깜짝 놀라 쳐다보았다. 책들이 그의 주머니에서 끊임없이 진창으로 떨어졌다. 사람들이 그를 멈춰 세우고 책이 떨어졌다고 가르쳐 주었다. 그는 책을 주워 들고 다시 관을 뒤따라 달려갔다. 길모퉁이에서 어떤 거지 노파가 달라붙더니 그와 함께 관 뒤를 따라갔다.

『가난한 사람들』 6월 1일 편지

책은 죽은 청년과 그의 늙은 아버지를 이어 주는 마지막 끈이다. 묘지를 향해 달려가는 마차, 무정하게 휘몰아치는 비바람, 통곡하는 아버지, 아버지의 호주머니에서 진창으로 떨어지는 죽은 아들의 책은 상실의 슬픔을 극한으로 몰아가는 동시에 그것을 한 차원 격상시켜 준다. 도스토옙스키 소설에서 가장 슬픈 장면 중 하나다.

아들의 관을 쫓아가는 포크롭스키 노인.
니콜라이 카라진, 1893년.

바렌카, 당신에게 말하고 싶은 건, 사람은 자신의 전체 생활을 마치 자기 손으로 쓴 것 같은 책이 바로 옆에 있다는 걸 모르고 사는 경우가 있다는 겁니다. 전에 알지 못했던 것을 바로 지금 이 책을 읽기 시작하면서 나 스스로 조금씩 모두 이해하고 발견하고 깨닫게 됩니다. 그리고 마지막으로 당신이 빌려준 이 책이 마음에 든 또 다른 까닭이 있지요. 어떤 다른 창작품은 읽고 또 읽고 아무리 애를 써도 너무 복잡해서 알쏭달쏭했습니다. 요컨대 난 둔해서, 천성이 둔해서 너무 진지하게 쓴 책은 읽을 수가 없어요. 그런데 이 책을 읽으면서는 마치 나 자신이 이 책을 쓴 기분이 들었지요. 내 마음을 있는 그대로 사람들 앞에서 뒤집어 보인 것 같았다니까요! 그 정도로 자세하게 씌어 있었습니다! 정말 그랬습니다! 읽는 게 어렵지 않았고, 놀랍게도 쉽게 이해가 되었어요! 정말이지 나도 이렇게 쓸 수 있을 것 같았고, 왜 진작 쓰지 않았나 하는 생각이 들더군요.

『가난한 사람들』 7월 1일 편지

푸시킨의 단편 「역참지기」에 관한 언급. 도스토옙스키는 가난하고 무식한 하급 관리의 입을 빌려 문학의 기능을 기술한다. 소설은 우리의 경험에 현재적인 의미를 부여한다. 우리가 실제로 무언가를 경험할 때 우리는 그 의미를 동시적으로 인지할 수가 없다. 지나고 난 뒤에야 그것을 반성하고 성찰함으로써 거기에 의미를 부여한다. 소설은 그러한 과정을 지금 이곳으로 들여온다. 그래서 푸시킨의 소설을 읽으며 마카르는 그 소설이 마치 자기 자신이 쓴 것 같다고 감동하는 것이다. 문학은 수치와 모멸로부터 극빈자 마카르를 구원해 주지는 못했지만, 수치와 모멸에도 불구하고 그가 빈곤을 견뎌 내며 무언가를 글로 쓸 수 있게 만들어 주었다.

당신은 내가 심심해할까 봐 어떤 책을 보내 주고 싶다
했지요. 바렌카, 뭣 하러 책을 보낸다는 겁니까! 도대체
책이란 무엇입니까? 그건 밑도 끝도 없는 이야기 아닌가
요! 소설도 그저 무의미한 것이고 한가한 사람들이나 읽
도록 쓰인 보잘것없는 것입니다. 바렌카, 날 믿어요, 내
오랜 경험을 믿어 주세요. 만약 사람들이 셰익스피어 운
운하며, 봐라 문학엔 셰익스피어가 있지 않느냐고 당신
의 말을 막아 버린다 해도, 셰익스피어 역시 무의미한 것
입니다. 이 모든 것은 완전한 난센스이고, 모두 어떤 풍
자만을 위해서 씌어진 것에 지나지 않습니다!

『가난한 사람들』 8월 1일 편지

도스토옙스키가 마카르의 절망을 표현하기 위해 가져오는 것 역
시 소설책이다. 절망의 끝자락에 있는 사람에게 책을 권하는 것은 무
정한 일이 될 수 있다. 독서라는 것 역시 어떤 경우에는 사치가 될 수
있다. 상대방으로부터 따뜻한 말 한마디를 기대하는 사람에게는 셰
익스피어도 난센스에 불과하다.

나는 당신에게 많은 것을 쓰고 싶습니다. 매 시간 매 분을 아껴 모든 걸, 모든 걸 쓰고 싶습니다! 아직 내게는 당신의 책이 한 권 남아 있는데, 『벨킨 이야기』입니다. 그런데 바렌카, 내게서 이 책을 돌려받지 말고 그냥 선물로 주세요. 이 책을 몹시 읽고 싶어서가 아닙니다. 바렌카, 당신도 알겠지만, 겨울이 다가옵니다. 밤이 길어질 테고, 그러면 마음이 슬퍼질 겁니다. 그때 이 책을 읽어 보고 싶어요.

『가난한 사람들』, 9월 29일 편지

가끔 책의 내용이 아닌 책에 담긴 추억이 더 소중할 때도 있다. 사랑하는 여인이 다른 남자와 결혼해서 떠난다. 그동안 두 사람이 주고받던 편지는 이제 불가능할 것이다. 그래서 남자는 그녀의 손길이 남아 있는 책을 두고 가라고 한다. 책은 흔적이다. 〈읽고 쓰기〉의 끈으로 이어졌던 두 사람의 사랑은 무자비하게 흘러가는 시간에 책이라는 발자국을 남긴다.

# 109

---

이 편지가 마지막 편지가 되다니 결코 그럴 수는 없습니다. 어떻게, 이다지도 갑자기, 이렇게, 꼭, 마지막 편지가 될 수 있단 말입니까! 안 됩니다, 내가 편지를 쓸 테니당신도 편지를 쓰세요……. 그리고 내 문체도 이제 틀이잡혀 가고 있는데……. 아아, 내 사랑하는 바렌카, 도대체 문체가 다 뭡니까! 지금은 내가 무엇을 쓰고 있는지도모르겠고, 전혀 모르겠고, 아무것도 모르겠습니다. 나는다시 읽어 보지도 않고, 문체도 고치지 않고, 쓸 수만 있다면, 당신에게 조금이라도 더 많이 쓸 수만 있다면 그저써 나가고 있습니다……. 나의 귀여운 바렌카, 나의 정겨운 바렌카, 나의 사랑하는 바렌카!

『가난한 사람들』, 9월 30일 편지

마카르에게 편지를 쓴다는 것은 혼돈스러운 자신의 삶에 질서를부여하려는 지난하고 처절한 노력이었다. 인생은 우리에게 반응을,성찰을 요구한다. 그 요구에 응답하지 않을 때 인간다움의 범위는 한없이 축소된다. 인생의 요구에 응답하는 방식 중의 하나가 글쓰기다.그런 점에서 마카르는 극도의 물질적인 궁핍 속에서도 인간다움을잃지 않았다고 말할 수 있다. 그는 사랑하므로 썼고, 존재하기 위해서 썼으며, 씀으로써 존재했다.

「그런데 하숙인이 표클라를 시켜 전갈을 보내왔어요. 자기한테 프랑스 책이 많이 있는데 모두 읽어볼 만한 좋은 책들이다, 할머니께서도 심심하실 텐데 손녀딸에게 읽어 달라는 것이 어떻겠느냐 하는 내용이었어요. 할머니는 고맙다는 인사와 함께 그의 제안을 받아들였어요. (……) 그래서 우리는 월터 스콧의 책을 읽기 시작했고 한 달쯤 지나서는 거의 절반가량을 읽었지요. 그 뒤에도 그 사람은 계속해서 책을 보내 주었어요. 푸시킨도 보내 주었어요. 결국 저는 책 없이는 살 수가 없게 되었고 중국 왕자한테 시집가는 생각도 그만두어 버렸지요.」

「백야」

청년기 도스토옙스키에게 책은 종종 남녀 간 사랑의 매개로 등장한다. 「백야」의 여주인공 나스첸카와 하숙인의 사랑 역시 소설책으로 시작된다. 결국 그녀는 책 없이는 못 살게 되고 그 없이도 못 살게 된다. 소설 속의 말들은 아직 여물지 못한 채 두 남녀의 생각 속에서만 꿈틀대고 있던 감정을 대신 표현해 주었을 것이다.

책 한 권 못 읽은 지가 이미 몇 년이나 되었고, 그래서 감옥에서 처음으로 읽었던 책이 나에게 불러일으켰던 그 이상스럽고 동시에 마음 설레게 하던 느낌을 표현하기란 쉬운 일이 아니다. 나는 그 책을 옥사가 닫히던 저녁때부터 읽기 시작해서 새벽녘까지 밤새워 읽었던 것을 지금도 기억한다. 그 책은 어느 잡지의 한 호(號)였다. 마치 세상으로부터 소식들이 나에게로 날아드는 것 같았다. 이전의 모든 생활이 내 앞에 선명하고 밝게 되살아났다. 나는 읽은 것을 통해서 추측해 보려고 애썼다. 자유로운 생활로부터 얼마나 많이 뒤처져 있는가? 그들은 거기서 나 없이 얼마나 많은 경험을 했는가? 지금 그들을 동요시키는 것은 무엇이고, 그들은 어떠한 문제에 전념하고 있는가? 나는 한 단어 한 단어에 매달리며 행간을 읽어 갔고, 숨겨진 의미와 이전의 생활에 대한 암시를 찾으려고 노력했다.

『죽음의 집의 기록』 제2부 제10장

도스토옙스키가 유형지에서 경험했던 독서의 감흥을 전달해 주는 대목. 글은 나와 세상을 연결시켜 주는 튼튼한 밧줄이다. 잡지건, 책이건, 아니면 편지건 내 손에 잡히는 종이의 질감과 내 눈에 포착된 글씨들, 그리고 거기 담긴 수천 가지 의미는 나와 세상이 결코 완벽하게 분리될 수 없음을 말해 주는 증거이다. 내가 아무리 고독한 삶을 산다 하더라도 독서할 수 있는 한 나는 혼자가 아니다. 글쓰기가 이미 내 안 어딘가에 있는 나 자신을 발견하는 과정이라면 독서는 그 과정에 권위를 더해 준다.

나는 대부분의 시간을 집에서 독서로 보냈다. 나는 내 안에서 끊임없이 끓어오르는 모든 것을 외부의 감각들로 잠재우기를 원했다. 외부의 감각들 중에서 내게 유일하게 가능했던 것은 독서였다. 독서는 물론 큰 도움을 주었다. 그것은 나를 흥분시켰고, 기쁘게 했으며, 그리고 괴롭혔다. 그러나 때때로 그것은 나를 대단히 지루하게 만들었다. (……) 내게는 독서 이외에 피난처가 없었다. 즉, 그때 내 주위에 내가 존경할 수 있고 나를 끄는 것은 아무것도 없었다.

『지하로부터의 수기』, 제2부 제1장

책은 도피구가 될 수 있다. 특히 지적이고 내성적이고 냉소적인 사람에게 책이 제공하는 것은 상상을 초월한다. 그러나 도피로서의 독서에는 한계가 있다. 책만 읽는다는 것은 책을 안 읽는 것보다도 더 위험할 수 있다. 도스토옙스키는 이 작품 이후 책 속의 이론만으로 세상을 바꾸려는 인물들을 여러 명 창조했다. 그들의 문제는 삶에 대한 지식을 삶에 대한 사랑으로 오해했다는 데 있다. 독서가 없다면 우리 삶은 형편없이 초라해진다. 그러나 독서만 있다면 삶은 예측할 수 없는 방식으로 왜곡된다. 독서는 삶의 균형을 잡아 주는 경험이지 삶을 대신하는 경험은 아니다.

나는 다만 철자상의 실수만 수정해 보았는데, 그 양이 상당히 많아서 약간 놀랐을 정도였다. 어쨌든 필자는 교육받은 사람이며, 심지어 독서광(물론 상대적인 판단이지만)이었기 때문이다. 문체는 부정확하거나 심지어 불분명한 것도 있었지만, 나는 아무런 수정을 하지 않았다.

『악령』 제3부 제9장

소설 『악령』에 삽입된 〈스타브로긴의 수기〉에 대한 화자의 논평. 사악한 범죄자 스타브로긴은 이 수기에서 어린 소녀를 추행하고 학대하여 죽음으로 몰아간 행위를 고백한다. 고백이긴 하지만 전혀 반성하는 글이 아니라 오히려 오만하고 뻔뻔스럽고 추잡한 배설 행위에 가깝다. 화자가 이 사악한 글에서 내용이 아닌 문법적 오류부터 지적하는 것이 놀랍다. 추악한 인간은 추악한 글에서 드러나고 추악한 글은 우선 오류투성이 문장에서, 그 다음에는 천박한 문체에서 드러난다. 사람과 글은 같이 간다. 교육받은 지식인이 문법과 철자법을 무시하고 비문을 아무렇지도 않게 쓴다는 것은 그의 사람됨을 말해주는 가장 정확한 증거다. 자신의 모국어에 대해 최소한의 예의도 못 갖추는 사람이 동료 인간에 대해 예의를 지킬 리 없다. 글은 인격이다.

# 아름다움

도스토옙스키는 아름다움과 관련하여 여러 글을 남겼다. 그 중에서도 가장 유명한 것은 『백치』중의 〈아름다움이 세상을 구원하리라〉는 문장일 것이다. 아름다움은 그에게 감각 기관에 쾌락이나 쾌감을 전달하는 대상을 훨씬 넘어선다. 그런 의미에서 그는 탐미주의나 유미주의와는 정반대되는 입장을 고수한다. 뒤틀리고 왜곡된 미를 탐하거나 쾌락에 빠져드는 인물들은 아름다움을 느낄 수 없거나 인지할 수 없거나 인지를 거부하는 인물들과 똑같이 악의 영역에 속한다. 아름다움이란 궁극적으로 영원을 향한 깊은 응시에 다름 아니다. 아름다움, 그리고 아름다움을 토대로 하는 문학과 예술의 향유는 인간을 인간답게 해주는 궁극의 조건이다.

「아, 맞아! 그 웅변가는 대체 어디 있지요? 레베데프 말이에요? 연설을 다 끝냈나요? 무슨 얘길 했어요? 공작, 언젠가 〈미(美)〉가 이 세상을 구할 거라고 한 적이 있었지요? 여러분!」 그는 큰 소리로 모든 사람들에게 소리쳤다. 「공작이 이 세상은 미에 의해 구원받을 거라고 합니다! 공작이 그렇게 장난기 어린 생각을 하게 된 까닭은 지금 사랑에 빠져 있기 때문일 겁니다. 조금 아까 공작이 들어올 때 나는 그것을 확신했어요. 공작, 얼굴을 붉히지 마세요. 당신이 불쌍해져요. 어떤 아름다움이 세상을 구할까요?」

『백치』 제3부 제5장

이폴리트가 〈아름다움이 세상을 구원하리라〉는 미시킨 공작의 말을 조롱하는 대목. 사실 공작의 말이 무슨 의미인지를 딱 부러지게 설명하기는 어렵다. 역설도 아니고, 반어법도 아니고, 이런 식의 다소 선동적인 말이 도대체 무슨 의미가 있을까. 아름다움은 보는 이의 눈 속에 있다. 삶 속에서 아름다움을 발견할 때 세상의 구원 같은 거창한 것이 아니더라도 인간은 인간다움을 조금 더 간직할 수 있을 것이다. 미학적인 정서는 단순히 감각의 쾌락을 위한 것이 아니다. 그것은 우리가 세계를 바라보는 시야에 다른 차원을, 형언할 수 없이 감동적인 어떤 깊이를 더해 준다. 한 폭의 그림이건, 한 편의 시건, 아름다움 앞에서 공감하고 전율하고 오열할 수 있을 때 인간은 단순히 생물학적인 존재보다 훨씬 넓고 깊은 존재가 된다. 아름다움은 필멸의 인간이 자신보다 더 큰 어떤 것을 깊이 응시할 때 그의 눈 속에 들어온다.

그는 말이 별로 없었고, 더할 나위 없이 품위 있고 놀라울 정도로 겸손했으며, 동시에 우리 중 누구도 따를 수 없을 만큼 대담하고 자신감에 가득 차 있었다. 우리의 멋쟁이들은 질투의 시선으로 그를 쳐다보았고, 그의 앞에서 완전히 허둥지둥했다. 그의 얼굴 역시 나를 놀라게 했는데, 머리카락은 진짜 새까맣고, 빛나는 시선은 아주 고요하고 밝았으며, 얼굴색은 정말 부드러운 백옥 같았고, 홍조는 너무 선명하고 깨끗했으며, 이는 진주 같고 입술은 산호빛을 띠고 있어서 그림 같은 미남이었지만, 동시에 왠지 혐오스러워 보였다. 사람들은 그의 얼굴이 가면처럼 보인다고 말했다. 하지만 더불어 그의 엄청난 육체적 힘에 대해서도 많은 말이 있었다. 키도 상당히 큰 편이었다.

『악령』제1부 제2장

『악령』의 주인공 스타브로긴에 대한 화자의 설명. 가면은 아무리 아름다운 가면이라 할지라도 결코 아름다울 수 없다. 철학도 내면도 시간 속의 성찰도 없기 때문이다. 아름다움이 혐오감을 불러일으키는 이유는 여러 가지일 수 있다. 아마도 완벽한 시각적 아름다움 아래에 묻혀 있는 완벽한 비시각적 추악함이 극도로 가느다란 어떤 틈새 사이로 아주 살짝 드러날 때 혐오감이 촉발되지 않나 싶다. 결국 그 추악함은 어떤 계기가 오면 겉으로 활짝 드러난다. 대부분의 경우 그 추악함의 주체 스스로가 결국 참아 내지 못하고 속을 뒤집어 보인다. 스타브로긴은 추악한 글로써 추악함을 드러낸다.

스타브로긴의 거실에서.
므스티슬라프 도부진스키, 1920년경.

「나는 선언합니다. 셰익스피어와 라파엘은 농노 해방보다 높고, 민족성보다 높고, 사회주의보다 높고, 젊은 세대보다 높고, 화학보다 높고, 거의 모든 인류보다 높다는 것을 선언합니다. 왜냐하면 그들은 결실, 즉 모든 인류의 결실이며, 아마도 존재할 수 있는 것들 중 최고의 결실일 것이기 때문입니다! 이미 달성된 미의 형식, 그러한 달성이 없다면 나는 아마 살아가는 것조차 동의하지 않을지도 모릅니다……. 오, 맙소사!」

『악령』 제3부 제1장

도스토옙스키를 대변하는 늙은 자유주의자 스테판 베르호벤스키가 문학 축제에서 강변하는 아름다움의 가치. 도스토옙스키는 유미주의자도 탐미주의자도 아니다. 그런 그가 이토록 아름다움을 강조하는 것은 아름다움이 궁극적으로 선과 연결되기 때문이다. 균형과 조화, 독창성, 그리고 그것들이 빚어내는 아름다움에 대한 감각이 부족하다면 인간의 삶은 형편없이 축소되고 오그라들고 초라해진다. 진정한 아름다움은 이성을 초월하고 지식을 초월한다. 그리고 궁극에 가서는 인간의 의식을 무한히 고양시켜 준다. 초월적인 아름다움은 그걸 감각하는 인간으로 하여금 자기 스스로를 초월하게 한다. 그래서 아름다움은 결국 성스러움과 치환된다. 이런 아름다움을 아예 못 느끼는 인간과 사회가 얼마나 사악할지…….

# 117

이 〈문학 카드리유〉보다 더 비참하고 더 저속하고 더 서툴고 더 무미건조한 풍자는 상상하기도 어려울 정도였다. (……) 카드리유는 여섯 쌍의 볼품없는 가면 쓴 사람들로 이루어져 있었다. 심지어 그들은 다른 사람들과 똑같은 옷을 입고 있었기 때문에 가장이라고 할 것도 없었다. (……) 그는 별로 크지 않은 저음의 쉰 목소리로 계속 무슨 소리를 내고 있었는데, 유명한 신문 중 하나를 의미하는 것임에 틀림없었다

『악령』 제3부 제2장

〈문학 카드리유〉는 폭도들이 장악한 마을에서 문학 축제의 일환으로 기획된 행사로 각기 다른 무언가를 의미하는, 이를테면 신문이나 잡지나 어떤 문학적인 단체나 이념을 의미하는 가면을 쓴 변장한 인물들이 나와서 카드리유 춤을 추는 게 핵심이다. 가면이랄 것도 없는 가면과 변장이랄 것도 없는 변장은 조야한 예술을 은유한다. 그것은 마치 너무 뻔한 비유, 안이하고 낡고 닳아 참신함이란 조금도 갖추지 않은 문제, 혹은 비유나 은유가 전혀 없는 초보적인 작품처럼 우리의 상상력이나 추론에의 의지를 자극하지 않는다. 그런 문학은 문학이 아니라 문학에 대한 조롱이다.

「마카르 이바노비치, 당신은 다시 〈고상한 기운〉에 대해 말씀하셨습니다. 바로 어제도, 아니 최근 며칠 동안 저는 그 말 때문에 얼마나 고민했는지 모릅니다……. 지금도 계속해서 고민하고 있고요. 전에는 그 말의 의미를 깊이 깨닫지 못하고 있었습니다. 이제 저는 그 말의 의미를 어떤 필연적인 것이거나 초월적인 것으로 해석하고자 합니다……. 저는 그 사실을 당신께 분명히 말씀드리고자 합니다…….」

『미성년』 제3부 제2장

아르카지가 호적상의 아버지 마카르에게 하는 말. 아름다움의 문제가 이 소설에서는 인격과 수양의 차원에서 조망된다. 마카르에게 있는 고상함과 기품이 그를 청년 아르카지의 눈에 가장 아름다운 인물로 비춰지게 한다. 마카르는 배신한 아내와 그녀의 정부를 완전히 용서하고 순례길에 오른 인물이다. 잘생기지도 못하고 배운 것도 별로 없는 정원사가 오랜 세월 스스로의 마음을 다스리고, 절제하고, 절대적인 용서를 실천했을 때 그에게는 다른 사람과는 비교도 할 수 없는 품격이 주어진다. 인생이 어떤 분기점을 넘어가면 인간과 관련하여 말할 수 있는 아름다움이란 결국 품격밖에 없는 것 같다.

도스토옙스키가 직접 그린
『미성년』의 마카르.

「이성의 눈에는 치욕으로 보이는 것도 마음의 눈에는
끊임없이 아름다움으로 보인다니까. 그러니 아름다움은
소돔 속에 존재하는 것이 아니겠니? 대부분의 사람들에
게서 아름다움은 소돔 속에 자리 잡고 있는데, 넌 그 비
밀을 알고 있니? 아름다움이란 무시무시한 것일 뿐 아니
라 비밀스러운 것이란 사실은 정말 끔찍스러워. 거기에
서는 악마가 신과 싸움을 벌이고 있고 그 싸움터는 다름
아닌 인간들의 마음이지.」

『카라마조프 씨네 형제들』 제1부 제3권

　　장남 드미트리가 동생 알료샤에게 하는 말. 어떤 사람들에게는 쾌
락의 심연으로 끌어당기는 심미적 대상 역시 아름다움의 일종이다.
쾌감과 아름다움의 차이는 종이 한 장 차이다. 인간이 성장한다는 것
은 그 차이를 인지한다는 것을 의미한다. 그러나 쾌락과 접하는 아름
다움 역시 인간을 선으로 이끌어 줄 수 있다. 인간은 너무나도 광활
하기 때문이다. 드미트리의 인생 스토리는 바로 쾌락을 선으로 변모
시키는 성장의 과정을 골자로 한다.

# 120

「주 하느님께서 창조 첫날에 빛을 만드시니 넷째 날에 해와 달과 별을 만드셨다면 첫날 빛은 어디서 왔을까요?」

그리고리는 아연실색하고 말았다. 소년은 조롱 섞인 눈초리로 선생을 바라보고 있었다.

『카라마조프 씨네 형제들』 제1부 제3권

스메르댜코프가 어린 시절 「창세기」를 읽으며 그 내용을 비꼬는 말. 도스토옙스키에게 조롱과 패러디는 추함을 구성하는 여러 인자들 중의 하나다. 비비 꼬고 꼬집어 뜯고 조롱하는 말은 때로 재치 있게 들리기도 한다. 그러나 모든 성스러운 것을 모독하는 재치는 그 주체의 추함만을 적나라하게 드러내 보인다.

그는 언제나 하루에 두 번씩 손수 옷을 조심스럽게 털었고 송아지 가죽으로 만든 멋진 장화를 영국제 고급 구두약으로 마치 거울처럼 윤이 나게 닦는 일을 무척이나 좋아했다. 요리사로서는 대단히 뛰어나다는 것이 판명되었다. 표도르 파블로비치는 그에게 봉급을 주었는데, 봉급의 대부분을 그는 옷가지며 포마드며 향수 등을 사는 데 써버렸다.

『카라마조프 씨네 형제들』 제1부 제3권

살인범 스메르댜코프에 관한 설명. 그는 예술이나 문학이나 시에 대해서는 아무 관심도 없다. 극장도 심지어 아름다운 여인도 그에게는 관심 밖이다. 그에게 아름다움은 허영심을 만족시켜 주는 비싼 옷가지 그 이상도 그 이하도 아니다. 도스토옙스키는 스메르댜코프를 살인범으로 구상하는 과정에 아름다움에 대한 무감각을 복선으로 깔아 놓았다. 그에게 아름다움에 대한 무감각은 생명에 대한 무감각과 동의어다.

「이런 것을 시라고 하지만 실상은 잠꼬대에 불과합니다. 잘 생각해 보세요. 이 세상에서 운율을 밟아 가며 말하는 사람이 어디 있는지를요? 그리고 만일 정부의 훈령이라도 있어서 우리가 운을 밟아 가며 말을 하게 된다면 어떻게 많은 대화를 나눌 수 있겠습니까? 시란 쓸데없는 것입니다, 마리야 콘드라티예브나.」

『카라마조프 씨네 형제들』 제1부 제5권

스메르댜코프가 문학과 예술을 싸잡아 부정하는 말. 은유를 읽어 내지 못하고 초월성을 감각하지 못하고 조화의 그 심오함을 파악하지 못하는 사람은 위험하다. 그는 싸구려 실용주의를 넘어서 최악의 근본주의로 건너갈 가능성이 농후한 사람이다.

# 삶

삶, 생명, 생명력, 생동감, 삶에의 의지, 생명에의 외경은 도스토옙스키가 반정부 활동 혐의로 체포된 이후 쓴 거의 모든 작품에 단골로 등장한다. 도스토옙스키는 삶, 그 황홀경을 찬미하는 동시에 그 이면의 모질고 추악한 동물적인 생명력을 파헤친다. 삶은 영원한 신비이다. 우리가 그의 소설을 읽을 때 발견하는 것은 각각의 스토리 심장부에 있는 비밀스러운 생명의 힘이다.

그렇다, 인간은 불멸이다! 인간은 모든 것에 익숙해질 수 있는 존재이며, 나는 이것이 인간에 대한 가장 훌륭한 정의라고 생각한다.

『죽음의 집의 기록』 제1부 제1장

나는 이것이 도스토옙스키가 발견한 가장 중요한, 그러면서도 가장 섬뜩한 사실 중의 하나라 생각한다. 삶에의 의지는 모든 것을 압도한다. 인간은 거의 모든 것에 적응할 수 있다. 삶의 지속을 위해서라면 인간은 무엇이건 다 할 수 있다. 인간에 대한 칭찬만은 아닌 것 같다.

나는 노동이 나를 구할 수 있으며, 나의 건강과 육체를 튼튼하게 해줄 수 있다는 것을 느끼고 있었다. 계속되는 정신적인 불안과 신경성의 초조함, 그리고 감옥의 숨 막히는 공기가 나를 완전히 황폐하게 만들 수도 있었기 때문이다. 〈자주 바람을 쏘이고, 매일 피곤하게 하며, 무거운 짐을 운반하는 것을 배우는 일〉, 바로 이러한 것들이 최소한 내 자신을 구할 수 있다고 나는 생각했다. 〈몸을 단련하여 건강하고 활기에 넘치며 힘센 젊은이가 되어 세상에 나가리라〉 하고 말이다. 내가 틀린 것이 아니었다. 일과 운동은 내게 무척이나 유익한 것이었다. 나는 나의 동료들 중의 한 명이(귀족 출신이다) 감옥에서 마치 촛불처럼 소진해 가는 것을 두려움 가득한 시선으로 바라보고 있었다. 그가 나와 함께 감옥에 들어올 때만 해도 아직은 젊고 아름다우며 활력 있는 사람이었지만, 출옥을 할 때는 이미 반쯤이나 황폐해져 백발이 성성하고 잘서 있을 수도 없을 정도에 천식까지 걸린 사람으로 변해 있었다. 나는 그를 바라보며 생각했다. 〈아니다, 나는 살고 싶다, 나는 살아야 한다.〉

『죽음의 집의 기록』 제1부 제7장

육체를 단련하는 일만큼 정신을 위로해 주는 것도 없다. 몸을 피곤하게 함으로써 우리는 마음의 피곤을 덜 수 있다. 그냥 걷기만 해도 사람은 심리적인 힘을 얻는다.

태양은 날이 갈수록 더 따사로웠고 선명했으며, 대기는 봄 내음을 풍기며 생명체들을 자극하고 있었다. 족쇄를 찬 사람들이라도 다가오는 아름다운 날들에 대한 설레는 마음을 갖게 되고, 그것에 묘한 희망과 동경, 애수를 품게 된다.

『죽음의 집의 기록』 제2부 제5장

구름 사이로 내비치는 한줄기 햇살만 보아도, 대기 중의 어떤 냄새만 맡아도 삶에의 욕구가 솟구칠 때가 있다. 그러나 때로 꿈틀거리는 생명은 정체된 현실과 격렬하게 충돌한다. 그래서 화자는 감옥에서는 봄이 되면 더 자주 싸움이 벌어진다고 한다. 〈무한한 생명으로 소생하는 주위의 자연을 온몸과 마음으로 느끼며 자연의 소리를 듣게 되면 폐쇄된 감옥과 감시, 빼앗긴 자유의 현실이 더욱더 뼈저리게 실감나는 법〉이기 때문이다.

벽돌을 운반할 때 쓰이는 새끼줄 때문에 내 어깨는 계속 벗겨졌지만, 나는 오히려 이 일이 마음에 들었다. 체력이 신장되었기 때문이다. 처음에 나는 한 개당 8푸드의 무게가 나가는 벽돌을 여덟 개씩 지고 운반했다. 나중에는 열두 개까지 운반할 수 있었고, 열다섯 개까지도 운반할 수 있게 되었는데, 이것이 나는 무척이나 기뻤던 것이다. 감옥에서는 갖가지 물질적인 불편이 수반되는 저주스러운 생활을 견뎌 내기 위해서 육체적 힘이 정신적인 힘에 못지않게 필요하다.

『죽음의 집의 기록』 제2부 제5장

이 대목을 읽을 때면 나는 늘 〈무척 기뻤다〉에 주목한다. 인간이 건강한 정신을 유지하며 살아가려면 어떤 종류이건 육체노동을 해야 한다. 비록 사소한 일일 망정 몸을 움직여서 하는 일은 다른 오락거리보다 훨씬 오래 지속 가능하고 강건한 기쁨을 제공한다.

내가 이 강변에 대해 그토록 자주 말을 꺼내는 이유는 그 강변에서만이 신의 세계가, 순결하고 투명한 저 먼 곳이, 황량함으로 내게 신비스러운 인상을 불러일으켰던 인적 없는 자유의 초원들이 보이기 때문이다. (……) 나는 죄수들이 감옥의 창을 통해 자유 세계를 동경하듯이 끝없이 펼쳐진 황량한 광야를 바라보곤 하였다. 무한히 펼쳐진 푸른 하늘에서 이글거리는 태양, 키르기즈 강변에서 펴져 오는 키르기즈인의 아련한 노랫소리, 이 모든 것이 내게는 더할 수 없이 소중했다. 검게 그을고 낡은 유목민의 천막이 보이기도 했다. 천막 근처에서 피어오르는 연기, 두 마리의 양을 데리고 뭔가 바쁘게 일하고 있는 키르기즈의 여인도 보인다. 그 정경들은 궁핍하고 투박하긴 해도 자유스러워 보였다.

『죽음의 집의 기록』 제2부 제5장

아는 만큼 보인다. 그러나 바라는 만큼 보이는 것도 사실이다. 천하 절경도 그냥 눈으로 보면 단순히 천하 절경일 뿐이다. 화자의 소망은 단순한 풍경에 위대한 자유의 의미를 부여한다. 인간의 삶을 지속시켜 주는 것 가운데 하나가 소망의 눈으로 바라보는 일이다.

어떠한 목적과 그 목적을 향한 지향 없이는, 한 사람도 살아갈 수 없는 것이다. 목적과 희망을 잃은 사람은 슬픔으로 인해 악인으로 변해 버린다……. 우리 모두에게 목적은 바로 자유이고 감옥으로부터의 해방이었다.

『죽음의 집의 기록』 제2부 제7장

목적이 사라지면 기쁨이 사라지고 기쁨이 사라지면 인간은 사악해진다. 비슷한 얘기는 〈권태〉 장에서도 했다. 목적이 거창해야 되는 것은 아니지만 옳은 것이어야 한다. 자유는 옳은 목적이다.

장

『죽음의 집의 기록』의 죄수들.
니콜라이 카라진, 1893년.

단 하나, 부활과 갱생과 새로운 생활에 대한 강렬한 갈망만이 나를 지탱할 수 있게 해준 힘이었음을 기억하고 있다. 그리고 나는 결국 참아 냈다. 나는 기다렸다. 나는 하루하루를 세어 갔다. 1천 일이나 남아 있음에도 불구하고, 자신을 위로하면서 하루씩 세어 나갔다. 하루를 보내고 묻어 버리면서 다음 날이 오면, 이제는 1천 일이 아니라 999일이 남았다고 기뻐했다.

『죽음의 집의 기록』 제2부 제9장

견뎌 낸다는 것에는 대단히 의미심장한 시간의 철학이 개재한다. 그냥 무언가 싫은 것을 참아 준다는 뜻이 아니다. 하루하루를 견뎌 냄으로써 그 시간이 모이고 쌓여서 위대함이 나온다는 뜻 그 이상이다. 그 하루하루가, 그 한 시간 한 시간이, 갱생의 목적을 향한 그 작은 걸음 하나하나가 세상에서 가장 위대한 것이라는 뜻이다.

당신에게 말하고 싶다. 신사 양반, 이성이란 훌륭한 것이라고. 이것에 관해 의심할 여지는 없다. 그러나 이성은 인간의 사유 능력만을 만족시켜 줄 뿐이다. 반면 욕구라는 것은 삶의 모든 국면들의 표현이다. 다시 말해서 모든 삶의 이성과 모든 당혹감을 포함하는 표현인 것이다. 우리의 삶이 종종 이런 표현으로 인해 꽤 불쾌해지기도 하지만, 그럼에도 불구하고 그것은 삶이며 단순히 제곱근을 구하는 것이 아니다. 나를 예로 들면, 너무나 당연하게도 나는 살기 위한 나의 총체적인 능력을 만족시키기 위해 살고 싶지, 살려는 나의 총체적인 능력의 사소한, 아마도 20분의 1에 달하는 사유 능력만을 만족시키기 위해서 살고 싶지는 않다. 이성이 무엇을 아는가? 이성은 단지 그것이 배우도록 되어 있는 것만을 안다.

『지하로부터의 수기』 제1부 제8장

삶에의 의지는 모든 것을 포괄한다. 이성도 여기에 종속된다. 삶에의 의지는 생물학적인 것이지만 인간은 그 의지를 이성이 아닌 다른 경로를 통해 생물학을 넘어서는 어떤 것으로 전변시킨다. 우리는 그것을 욕망이라 부른다.

나는 단지 내 인생에 있어서 당신이 감히 절반도 실행할 엄두도 못 낸 것을 극단까지 밀고 나갔다. 그리고 덧붙여 말하자면, 당신은 당신의 비겁함을 상식으로 간주하고 있으며, 당신 자신을 속이면서, 그것에 의해 위안받고 있었던 것이다. 그래서 당신에 비하면, 내가 당신보다 더욱더 〈살아 있다〉는 결론이 된다. 자세히 봐라! 결국 오늘날 우리는 정확히 이 〈살아 있는〉 삶이 어디에 있는지도 모르고 있고, 그것이 어떤 것인지도 모르며 그것을 어떻게 불러야 할지도 모른다.

『지하로부터의 수기』 제2부 제10장

〈지하 생활자〉는 자존심만 강하고 비굴하고 심술궂은 인간이지만 그에게는 〈살아 있음〉의 감각이 있다. 그는 무섭게 읽고 쓰고 좌절하고 울고 증오하고 후회하고 절망한다. 그의 동료 대부분이 빵 부스러기 같은 행복에 인생을 걸고 만족하게 살 때 그는 격렬하게 반항하고 절규한다. 그래서 그는 〈살아 있는 삶〉의 주인공이다. 살아 있는 삶이란 그냥저냥 마지못해 사는 삶이 아니다. 득도의 가면을 쓴 채 스스로를 위한 변명 속에서 적당히 순응해서 사는 삶도 아니다. 무작위적이고 불합리한 삶의 모든 울퉁불퉁한 표면을 납작하게 깔아뭉개는 모든 이론과 철학과 상식과 현학에 저항하는 삶이다. 살아 있는 삶. 얼마나 아이러니하면서도 끔찍한 표현인가. 〈죽어 있는 삶〉도 있다는 얘기 아닌가.

# 132

사람들은 문을 연 선술집이나 거리에 모여들어 먹고 마신다. 술집들은 궁전처럼 화려하게 장식되어 있다. 모두가 취해 있지만 행복해 보이기 보다는 오히려 음울하고 괴로워 보인다. 이상할 정도로 말이 없다. 단지 이따금씩 내뱉는 욕설이나 피 터지는 싸움만이 의심스러운 침묵을 깰 뿐이다. 그들은 모두 의식을 잃을 때까지 마시려고 서둘러 술잔을 비운다. (……) 이곳에서 보게 되는 것은 민중이 아니라 조직적으로 순치되고 길들여진, 의식의 상실이다.

「여름 인상에 대한 겨울 메모」

도스토옙스키가 유럽에 다녀와서 쓴 여행기의 한 대목. 그의 눈에 런던의 밤거리에 운집한 사람들은 먹고 마시고 움직이지만 〈살아 있는 삶〉을 사는 것이 아니다. 자본이건 이념이건 아니면 유행이건, 무언가에 인간이 길들여질 때 의식은 사라진다. 19세기 런던의 모습이 현대의 대도시에 중첩된다.

그는 열에 들떠 있었지만, 그것도 의식하지 못한 채 조용하고 느릿한 걸음으로 계단을 내려갔다. 그는 다만 불현듯 느끼게 된 강렬한 삶의 감각, 이 새롭고도 무한한 감정에 가득 차 있을 뿐이었다. 이 감정은 사형 선고를 받았다가 느닷없이 뜻밖의 사면을 받은 사람이 느낀 것과 비슷했다고 할 수 있다.

『죄와 벌』 제2부 제7장

라스콜니코프가 비참한 하급 관리 마르멜라도프의 유족에게 도움을 주고 나서 느끼는 감정. 강렬한 삶의 감각은 도스토옙스키의 작품 전체에 고루고루 스며들어 있다. 생명에의 의지 그 자체는 선악을 초월하지만 선한 면과 악한 면 두 면을 갖는다. 타인을 짓밟고 끝까지 혼자서라도 살아남고 싶다는 의지는 악이고, 타인의 생명을 살리면서 자기도 살고 싶다는 의지는 선이다. 라스콜니코프는 이 의지의 양면 모두를 보여 준다.

아무도 없는 데서 어머니와 단둘이만 있게 된 것이 너무도 기뻤다. 그 무서웠던 시간들 이후 처음으로 그의 마음은 한순간에 부드러워지는 것 같았다. 그는 어머니 앞에 엎드려 발에 입을 맞추었고, 두 사람은 서로를 꼭 붙들고 눈물을 터뜨렸다. 어머니도 이제는 놀라지도 않고, 캐묻지도 않았다. 그녀는 이미 오래전부터 아들에게 어떤 무서운 일이 일어났으며, 이제 아들에게 그 두려운 순간이 닥쳐왔다는 사실을 알고 있었다.

『죄와 벌』 제6부 제7장

어머니와 라스콜니코프가 부둥켜안을 때 말은 필요 없다. 어머니는 캐묻지 않는다. 한동안 멀리했던 어머니와 얼싸안으며 눈물을 흘릴 때 라스콜니코프는 다시 삶과 이어진다. 그가 도끼를 휘둘렀을 때 그는 인간을 죽인 것이고, 인간을 낳은 어머니를 죽인 것이고, 생명의 원천인 대지를 죽인 것이고, 대지를 만든 신을 죽인 것이다. 어머니와 포옹하는 것은 연결에 대한 가시적인 표현이다. 그는 다시 삶과 연결된다.

그는 광장의 한가운데에 무릎을 꿇고 머리가 땅에 닿도록 절을 하고는 달콤한 쾌감과 행복감을 느끼면서 더러운 땅에 입을 맞추었다. 그는 일어나서 또 한 번 절했다.

「저것 봐, 지독하게도 취했군!」 그의 옆에서 어떤 청년이 말했다.

사람들이 웃음을 터뜨렸다.

「저 사람은 예루살렘으로 가면서, 아이들과 고향에 작별 인사를 고하는 거라고. 온 세상에 절을 하고, 수도 상트페테르부르크와 그 대지에 입을 맞추는 게지.」

『죄와 벌』 제6부 제8장

라스콜니코프가 살인을 자백하기 전에 네거리에서 대지에 입 맞추는 장면. 땅에 절하고 땅에 입맞춤 하는 것은 인간이 취할 수 있는 가장 낮은 자세이다. 산꼭대기에서 보면 콩알처럼 보이던 것들이 땅바닥에서 올려다보면 바위처럼 보인다. 라틴어로 겸손의 어원이 *humos*, 즉 땅인 것은 결코 우연이 아니다. 라스콜니코프에게 새로운 삶은 이 시각의 변화에서 시작되어야 한다. 새로운 삶에의 열망은 발작과 눈물이 되어 쏟아진다. 맞다. 그는 이제부터 예루살렘으로 가는 대장정에 오른다. 그 대장정은 아마도 시각의 순례라 불러도 좋을 것 같다. 우리에게 예루살렘은 어디일까.

삶

라스콜니코프가 살인을 자백하기 전에
땅바닥에 입을 맞춘 곳인 센나야 광장.
1850년대 작자 미상의 석판화.

감옥과 그를 둘러싸고 있는 환경에서, 물론, 그는 아무 것도 눈여겨보지 않았고, 또 전혀 그러고 싶지도 않았다. 그는 눈을 내리깔고 지냈다. 그는 보는 것이 끔찍하고 견딜 수가 없었다. 그러나 드디어 많은 점들이 그를 놀라게 하기 시작했다. 그는 예전에는 생각지도 못했던 일들을 뜻밖에도 알게 되었다. 무엇보다도 그를 크게 놀라게 한 것은 그와 다른 사람들 사이에 놓여 있는 도저히 건널 수 없는 무서운 심연이었다. 그와 그들은 마치 다른 종족인 것만 같았다.

『죄와 벌』에필로그 제2장

제대로 살기 위해서 우리는 잘 보아야 한다. 둘러보고 꿰뚫어 보고 멀리 보고 안을 보아야 한다. 눈을 내리깔고 지낼 때 삶은 정지된다. 도스토옙스키는 눈의 작가다. 그는 많은 것들을 눈과 시각과 바라봄의 맥락에서 표현한다. 그에게 눈을 감는다는 것은 삶을 거부한다는 뜻이다.

그러나 곧, 바로 그 순간에 그녀는 모든 것을 이해했다. 그녀의 눈에서는 무한한 행복감이 반짝이기 시작했다. 그녀는 이해했다. 그녀는 한 점의 의심도 하지 않았다. 그가 사랑하고 있다는 것, 그가 그녀를 무한하게 사랑하고 있다는 것을, 마침내 그 순간이 도래했다는 것을……

그들은 말을 하고 싶었지만, 할 수가 없었다. 눈물이 그들의 눈앞을 가렸다. 두 사람 모두 창백하고 여위어 있었다. 그러나 이 병들어 창백한 얼굴에서는 이미 새로워진 미래의 아침노을, 새로운 삶을 향한 완전한 부활의 서광이 빛나고 있었다. 그들을 부활시킨 것은 사랑이었고, 한 사람의 마음속에 다른 사람의 마음을 위한 삶의 무한한 원천이 간직되어 있었다.

『죄와 벌』, 에필로그 제2장

라스콜니코프가 시베리아 유배지에서 발견한 것은 삶 자체, 살아 있음, 삶의 본질에 대한 감각이다. 그가 수도에서 그토록 갈망했던 지배와 권력은 본질이 아니었다. 본질을 발견한 사람에게 삶의 원천은 무한하다. 지상에서 인간이 경험할 수 있는 무한은 오로지 삶의 본질에서 오는 무한밖에 없다.

그들은 참고 기다리기로 마음먹었다. 그들에게는 아직도 7년이 남아 있었다. 그때까지 얼마나 많은 참을 수 없는 고통이 있을 것이며, 얼마나 무한한 행복이 있을 것인가! 그러나 그는 부활했다. 그는 이것을 알았다. 그는 갱생한 자신의 온 존재로 그것을 완전히 느끼고 있었다. (⋯⋯) 7년, 〈겨우〉 7년! 행복이 시작되고 있던 이 무렵과 또 다른 순간들마다 두 사람은 기꺼이 이 7년을 7일로 생각할 준비가 되어 있었다. 그는 새로운 삶이 거저 그에게 주어지지 않으리라는 것도, 그 삶을 사기 위해서 아직은 값비싼 대가를 치러야 한다는 것도, 그것을 위해서는 앞으로 위대한 행적을 쌓아 보상해야 한다는 것도 미처 모르고 있을 정도였다.

『죄와 벌』 에필로그 제2장

우리는 흔히 위대함을 삶 속에서 많은 업적을 쌓은 것으로 이해한다. 그러나 고통 속에서 행복을 찾을 수 있는 것보다 더 위대한 것은 별로 없다. 눈에 보이는 눈부신 업적 역시 그 토대에는 고통의 시간을 의미로 가꾼 과정이 있기에 위대한 것이다. 7년의 지난한 세월을 7일의 세월로 수용할 수 있는 사람은 이미 그 생각만으로도 승자다.

그는 성호를 긋고 방 안으로 뛰어들어 갔다. 아리나 프로호로브나의 손 안에서 작고 빨갛고 주름투성이의 생명체가 아주 작은 손과 발을 버둥거리며 울고 있었다. 그것은 무서울 정도로 무기력해 보이고 티끌처럼 한 줄기 바람에도 흔들릴 것 같았지만, 또한 삶에 대한 완전한 권리를 가지기라도 한 듯 큰 소리로 울어 대며 자기를 주장하고 있었다……. 마리는 정신을 잃은 것처럼 누워 있다가 1분쯤 지난 뒤 눈을 뜨고 이상한, 정말 이상한 시선으로 샤토프를 쳐다보았다. 그것은 뭔가 완전히 새로운 시선으로, 그는 아무리 해도 그것을 이해할 수 없었고, 이전에는 결코 알지 못했으며, 그녀에게 그런 시선이 있었는지도 기억나지 않았다.

(……)

「새로운 존재의 출현이라는 신비, 설명할 수 없는 위대한 신비죠, 아리나 프로호로브나, 당신이 이걸 모르신다니 정말 유감입니다!」

『악령』 제3부 제5장

샤토프의 아내 마리가 해산하는 장면이다. 아기의 탄생으로 인해 두 가난하고 혼란스러운 젊은 남녀의 삶은 다른 차원으로 건너간다. 샤토프는 아이의 친부가 아니다. 그도 잘 알고 있다. 그러나 새로운 생명의 탄생 앞에서 생물학적 혈통은 문제가 아니다. 샤토프가 극도의 황홀경 상태에서 거의 헛소리에 가까운 말들을 지껄이는 대목은 소설 전체에서 가장 아름다우면서도 처절한 대목이다.

「두 사람뿐이었는데, 갑자기 세 번째 사람, 온전하고 완전무결하며 인간의 손에서 생겨난 것 같지 않은 새로운 영혼이 나타난 것입니다. 새로운 사상이며 새로운 사랑이라, 두렵기까지 합니다……. 이 세상에 이보다 더 위대한 것은 없습니다!」

「에고, 황당한 소리만 떠들어 대고 있군요! 그냥 유기체의 발전일 뿐, 여기에는 아무것도, 아무런 신비도 없다고요. (……) 그런 식이면 파리들도 모두 신비하겠네요.」

『악령』 제3부 제5장

샤토프와 급진적 니힐리스트 산파 아리나가 아기의 출생 앞에서 나누는 대화. 새로운 생명의 탄생에 담긴 깊은 신비를 유기체의 진화라는 차원에서만 바라보는 사람은 불행한 사람이다. 그 황폐한 시선 속에서는 인간과 파리의 구분조차 불가능하다.

알료사는 누구보다도 리얼리스트라고 생각된다. 오, 물론 그는 수도원에서 완전히 기적을 믿게 되었으나, 나는 기적이 결코 현실주의자를 혼란에 빠뜨릴 수는 없다고 생각한다. 현실주의자를 신앙으로 이끄는 것은 기적이 아니기 때문이다. 진정한 현실주의자는 만일 그가 신앙을 갖지 않았을 경우에는 언제나 자기 내부에서 기적을 믿지 않는 힘과 재능을 찾아내게 마련이며, 만일 기적이 자기 앞에서 부정할 수 없는 사실로 나타날 경우에는 그 사실을 용납하기보다는 오히려 자신의 오관(五官)을 불신하는 법이다. 만에 하나 그것을 용납한다손 치더라도 단지 지금까지 자신이 알지 못했던 자연 현상으로 받아들인다. 리얼리스트에게는 기적으로부터 신앙이 나오는 것이 아니라, 신앙으로부터 기적이 나오는 것이다. 만일 리얼리스트가 일단 신앙을 갖게 되면 그는 바로 자신의 현실주의에 의해 반드시 기적을 받아들일 수밖에 없는 것이다.

『카라마조프 씨네 형제들』 제1부 제1권

도스토옙스키에게 리얼리스트란 눈에 보이는 현실뿐만 아니라 눈에 보이지 않는 현실도 같이 감지하는 사람이다. 이런 사람에게 삶은 상상할 수 없이 풍요롭다. 그에게는 기적도 삶의 일부이다. 길버트 체스터턴은 이렇게 말했다. 〈기적과 관련하여 가장 신기한 점은 그것이 실제로 일어난다는 사실이다.〉

「가능하면 나는 더 오래 살 생각이고 너는 잘 모르겠지만, 그래서 내게는 한 푼이라도 더 필요한 거란다. 오래 살수록 돈은 더 필요한 법이니까. (……) 20년은 더 사내 노릇을 하고 싶은데 나이를 먹어 가고, 또 추해지면 계집들이 제 발로 찾아오지는 않을 거거든. 바로 그때 돈이 필요한 거야. (……) 모두 그 세계를 비난하지만 모두 그 세계에 살고 있고, 남들은 몰래 그 짓을 하지만 난 드러내 놓고 하고 있을 뿐이란다.」

『카라마조프 씨네 형제들』, 제2부 제4권

카라마조프 씨네 가장 표도르가 아들 알료샤에게 하는 말. 인간의 생명력을 오로지 생물학적인 본능으로만 왜곡시킬 때 이런 식의 논리가 가능하다. 카라마조프 씨네 세 형제, 드미트리, 이반, 알료샤는 모두 아버지의 동물적인 본성을 물려받았다. 그러나 그 본성을 삶 속에서 실현하고 억제하고 유지하는 방식은 세 사람 모두 다르다.

「내 마음속에 들어 있는 이처럼 열렬하고 거친 삶을 향한 갈망을 이길 만한 그런 절망이 이 세상에 존재할까. 내 생각에 그런 것은 없는 것 같아, 적어도 서른 살까지는 말이야.」

『카라마조프 씨네 형제들』 제2부 제5권

둘째 아들 이반이 동생 알료샤에게 하는 말. 삶에의 갈망은 도스토옙스키의 일종의 〈트레이드마크〉이자 모든 카라마조프 구성원의 공통된 특징이다. 이 갈망이 어떻게 실현되느냐에 따라 그의 인격과 그의 운명이 결정된다.

「알료샤. 나는 살고 싶고 또한 살고 있어. 비록 논리를 거스르고 있다 할지라도. 비록 사물의 질서를 믿지 않는 다고 해도 봄이면 새싹을 틔우는 작은 이파리들이 내겐 소중하고, 파란 하늘이 소중하고, 때로는 이유 없이 좋아 지는 그런 사람이 소중하며, 이미 오래전부터 그런 믿음 을 버리긴 했지만 어쨌든 아득한 기억에 따라 사람들이 진정으로 존경해 온 인간의 또 다른 위업이 소중한 거야. (……) 끈끈한 봄날의 새싹, 푸른 하늘을 나는 사랑해, 바 로 그거야! 이건 이성도 논리도 아니야, 속 깊은 곳에서, 뱃속에서부터 사랑하는 거야, 자신의 젊은 태초의 힘을 사랑하는 거지……. 내 허튼소리에서 뭘 좀 알아듣겠니, 알료샤?」

『카라마조프 씨네 형제들』, 제2부 제5권

둘째 아들 이반의 말. 표도르가 탐닉하는 생명에의 의지가 둘째 아 들 이반에게서는 조금 다른 차원에서 묘사된다. 그의 경우가 미학적 으로 한 수 위다. 그러나 물론 깊은 곳으로 들어가면 이반과 아버지 의 생명력은 동일한 것이다. 〈봄이면 싹을 틔우는 녹색의 끈끈한 작 은 이파리〉는 생명에의 의지에 대한 유명한 상징이다.

어렸을 때 그는 고양이들을 목매달아 죽인 뒤에 그 장
례식을 치러 주기를 좋아했다. (……) 그는 식탁에 앉아
숟가락으로 수프를 휘젓기도 하고 고개를 처박은 채 숟
가락을 쳐다보기도 하며 또 수프를 연신 퍼 올려서 숟가
락을 빛에 비추어 보기도 하였다.

『카라마조프 씨네 형제들』 제1부 제3권

카라마조프 씨네 서자이자 하인이자 요리사인 스메르댜코프에
관한 묘사다. 스메르댜코프와 다른 형제들과의 차이는 확연하게 드
러난다. 그에게는 생명에 대한 갈망이 없다. 그는 생명을 훼손하고
분해하는 데 몰입한다. 아버지를 죽이고 이복 형에게 누명을 씌우고
결국 자살하는 인물에게 이보다 더 적절한 성격은 없을 듯하다.

「이제 너한테 내 심정을 털어놓을 최후의 순간이 다가온 것 같구나. 애야, 나는 지난 두 달 동안 나의 내부에서 새로운 인간을 느꼈어, 내적으로 새로운 인간이 된 것이지! 나는 내적으로 갇혀 있었는데, 이런 날벼락만 없었더라면 결코 드러나지 않았을 거야. 무서운 일이지! 나는 광산에서 곡괭이로 20년간이나 광석을 캔다 해도 조금도 두렵지 않아. 하지만 이제는 다른 것이 두렵구나. 새롭게 태어난 인간이 내게서 떠나 버릴 것 같은 생각 말이다!」

『카라마조프 씨네 형제들』 제4부 제11권

카라마조프가의 장남 드미트리가 동생 알료샤에게 털어놓는 말. 여기서 핵심은 〈날벼락〉이다. 살다 보면 우리에게도 날벼락 치는 날이 있다. 내가 착한 줄, 혹은 잘난 줄 알고 살다가 갑자기 날벼락에 맞으면 우리는 비로소 정신을 차린다. 그리고 이제까지 내가 누려 온 모든 것이 공짜로 주어진 선물임을 알게 된다. 삶을 붕괴시킬 정도가 아니라면 날벼락은 어쩌면 고마운 것인지도 모른다.

「아니야, 삶이란 충만된 거야, 삶이란 지하에도 존재하는 거야! 넌 믿지 않을 거다, 알렉세이, 지금 내가 얼마나 살고 싶어 하며 존재와 의식을 얼마나 갈구하는지를, 바로 이 색 바랜 담장 안에서 내 마음속에 일어나고 있는 것을. 라키틴은 이걸 이해하지 못해, 그놈은 건물이나 지어서 세놓을 생각이나 할 테니까. (……) 내 몸속에는 지금 너무나 강렬한 힘이 용솟음치고 있어서 〈나는 존재한다! 온갖 고통 속에서도 나는 존재한다! 형틀에 앉아서도 나는 존재한다. 나는 태양을 바라보고 있다. 그러나 나는 태양을 바라보고 있는 것이 아니라 태양이 존재한다는 것을 알고 있는 것이다〉라고 말할 수 있을 만큼 어떤 고통도 견뎌 낼 수 있을 것 같구나. 태양이 존재한다는 것은 이미 생명 전체를 가리키는 것이겠지.」

『카라마조프 씨네 형제들』 제4부 제11권

드미트리가 아버지 살해 혐의로 체포된 상태에서 동생 알료샤에게 하는 말. 감옥에 들어앉은 이른바 〈양아치〉가 이토록 열렬히 삶을 찬미하는 것이 전혀 이상하게 느껴지지 않는 것이 도스토옙스키 소설의 장점이다. 그는 둘째 아들 이반과 같은 차원에서 삶에의 의지를 말하고 있다. 드미트리가 반대의 예로 드는 것이 라키틴이다. 소설에서 〈출세주의자〉 신학생으로 소개되는 라키틴은 〈건물을 지어 세나 받아먹고 살 인간〉으로 묘사된다. 도스토옙스키가 가장 혐오하는 인간 유형이다. 도스토옙스키는 세를 받아서, 혹은 이자를 받아서 부를 축적하는 사람들을 유난히 싫어했다. 세를 받아 풍족하게 사는 것이 왜 문제인가. 안정적이고, 아무런 모험도 없고, 무릅쓸 일도 없고, 건물이 붕괴되면 함께 무너지는 삶이기에 그렇다. 매일매일이 휴일일 때 인간도, 인간의 도덕성도 무너진다. 도스토옙스키가 노동에 얼마나 큰 의미를 부여했는가는 앞에서도 한 번 언급했다.

# 사랑

사랑은 도스토옙스키가 가장 많이, 가장 집요하게 파고들었던 개념이다. 그는 첫 소설에서부터 마지막 소설에 이르기까지, 남녀 간의 사랑에서 형제애와 박애 정신과 신적인 사랑에 이르기까지 다양한 사랑과 사랑에 수반되는 수없이 많은 심리적 요인을 깨알같이 파헤쳤다. 이 모든 사랑은 결국 『카라마조프 씨네 형제들』에서 〈실천적 사랑〉으로 마무리된다. 〈사랑이 머리에서 가슴으로 내려오는 데 70년이 걸렸다〉는 김수환 추기경의 글이 생각난다.

# 148

친절하신 마카르 알렉세예비치님!

자꾸 이러시면 결국 당신과 다투어야만 한다는 걸 아시는지요? 제발 부탁드리건대, 친절하신 마카르 알렉세예비치, 당신의 선물을 받는다는 건 제겐 고통스럽기까지 합니다. 이러한 선물이 당신에게 얼마나 값비싼 것이고, 이 때문에 당신이 가장 필요한 것까지 안 써 가며 절약했다는 걸 전 알고 있어요. 여러 번 말씀드렸듯이 제겐 아무것도, 정말로 아무것도 필요 없습니다. 또한 당신이 지금까지 제게 베풀어 주신 은혜만 해도 보답할 길이 없어요. 그런데 왜 이런 화분을 보내셨나요? 글쎄, 봉선화 정도는 괜찮다고 해도, 제라늄은 왜 사셨어요? 제라늄에 대해 무심코 한마디 한 걸 가지고 당신은 금방 이걸 사버리시다니, 분명 비싸겠죠?

『가난한 사람들』 4월 8일 편지

여주인공 바르바라가 마카르에게 쓴 편지. 도스토옙스키의 첫 소설에 나오는 남녀 간의 사랑은 돈과 결부된다. 사랑하는 사람은 돈을 아까워하지 않는다. 사랑하지 않는 사람은 돈을 아까워한다. 바르바라를 진정으로 사랑하는 마카르가 굶주려 가며 선물하는 작은 화분은 소설의 말미에서 부유한, 그러나 바르바라를 소유의 대상으로만 여기는 구혼자가 사주는 비싼 레이스와 끊임없이 대비된다. 그러나 문제는 이보다 더 복잡하다. 나를 무척 사랑하는 누군가가 의식주의 기본까지 희생해가며 나에게 무언가를 선물할 때 과연 나는 행복할까. 실제로 마카르의 사랑은 점차 바르바라에게 짐이 되어 간다.

나의 천사여, 당신을 알기 전에 난 혼자였고, 마치 세상에서 살지 않고 잠을 자고 있는 것 같았습니다. 내가 알고 있는 그 악당들은 내 모습조차도 상스럽다고 말하며 날 경멸했고, 나도 나 자신이 싫어졌습니다. 그들은 내가 우둔하다고 말했고, 실제로 나도 내가 우둔하다고 생각했죠. 당신이 내게 나타났을 때, 당신은 내 어두운 생활을 밝게 비추어 주었습니다. 그 뒤에 나의 마음과 영혼도 밝아졌고, 나는 진실한 평온을 얻었고 나도 다른 사람들 못지않은 사람이라는 걸 알았습니다. 물론 무엇 하나 뛰어난 것도 없고 세련되지도 않고 품격도 없지만 나도 사람이다, 나도 마음과 생각이 있는 사람이라는 것을 깨달은 겁니다.

『가난한 사람들』, 8월 21일 편지

마카르는 사랑하는 사람을 만난 뒤 다른 사람이 되었다. 그에게는 생전 처음 자존감이라는 것이 생겼다. 그녀는 그에게 동일한 정도의 사랑을 표현한 적이 없다. 그러나 그녀의 태도는 그의 자존감과 아주 큰 상관은 없어 보인다. 문제는 사랑할 수 있는 능력이다. 사랑할 수 있는 능력이 사람을 사람으로 만든다.

그러나 나스첸카, 너는 내가 모욕의 응어리를 쌓아 두리라 생각하는가! 내가 너의 화사하고 평화스러운 행복에 어두운 구름을 드리우게 할 것 같은가. 너를 신랄하게 비난하여 너의 심장에 우수의 칼을 꽂을 것 같은가. 너의 가슴이 비밀스러운 가책으로 고통받고 행복의 순간에도 우울하게 고동치도록 만들 것 같은가. 네가 사랑하는 이와 함께 성당의 제대를 향해 걸어갈 때 너의 검은 고수머리에 꽂힌 저 부드러운 꽃 중에서 단 한 송이라도 나로 인해 구겨져 버리게 할 것 같은가……. 아, 천만에, 천만에! 너의 하늘이 청명하기를, 너의 사랑스러운 미소가 밝고 평화롭기를, 행복과 기쁨의 순간에 축복이 너와 함께 하기를! 너는 감사하는 마음으로 가득 찬 어느 외로운 가슴에 행복과 기쁨을 주었으니까.

오 하느님! 한순간이나마 지속되었던 지극한 행복이여! 인간의 일생이 그것이면 족하지 않을까?

「백야」

주인공은 나스첸카와 결혼을 약속한다. 그러나 나스첸카는 첫사랑이 돌아오자 주인공을 버리고 그에게 가버린다. 배신한 연인에게 이렇게 말할 수 있다면 그의 사랑은 진짜 사랑이다. 사랑에 대한 평가는 사랑이 깨어졌을 때만 가능하다.

「백야」의 주인공과 나스첸카.
므스티슬라프 도부진스키, 1923년.

나는 책에서 읽은 대로 상상하고 생각하는 데 익숙해져 있었고, 몽상들 속에서 미리 꾸며 놓은 대로 세상의 모든 것을 마음속에 그리는 데 익숙해져 있었기 때문에 처음에 그 이상한 상황을 이해할 수 없었다. 그 이상한 상황이란 내가 모욕하고 짓밟았던 리자가, 내가 상상했던 것보다 더 많이 이해했다는 것이다. 내가 말했던 모든 것들로부터, 그녀는, 여자가 진실하게 사랑하고 있다면 항상 무엇보다도 먼저 이해할 수 있다는 것을 깨달은 것이다. 즉, 나 또한 불행하다는 것을 그녀는 깨달았다.

『지하로부터의 수기』 제2부 제9장

사랑하는 사람은 이해하고 사랑하지 않는 사람은 전혀 이해하지 못한다. 인간만이 여기에 적용되는 것은 아니다. 우리가 하는 일도 마찬가지다. 우리가 어떤 일을 사랑하면 할수록 우리는 그 일을 더 잘한다. 더 잘 이해하기 때문이다.

무엇보다도, 나는 더 이상 사랑을 할 수 없었다. 왜냐 하면 되풀이하지만, 내게 사랑이란 학대와 도덕적인 우월을 의미하기 때문이다. 내 인생 내내 나는 그 밖의 다른 사랑을 결코 상상도 해볼 수 없었다. 그리고 나는 지금 사랑이란 사랑하는 사람이 자유롭게 상대방에게 자신에 대하여 학대를 하도록 허락하는 데에 있다고 생각하는 그런 선에까지 와 있다. 심지어는 지하실의 꿈들 속에서도 나는 투쟁 이외에 다른 방법의 사랑을 상상해 보지 않았다. 나는 항상 증오로 시작했다. 그리고 도덕적인 정복으로 끝났다. 그리고 나는 정복된 대상을 나중에 어떻게 해야 할지 상상조차 할 수 없었다. 그리고 어쨌든 그토록 상상조차 할 수 없는 것은, 내가 그 정도까지 나의 도덕을 타락시켰기 때문이다.

『지하로부터의 수기』 제2부 제10장

사랑이란 나의 존재를 인정하는 바로 그만큼 타인을 인정하는 것이다. 자신이 확고해야만 타인을 인정할 수 있다. 그러므로 수시로 이리저리 흔들리는 사람은 타인을 사랑하지 못한다. 주인공이 사랑할 수 없는 이유는 자기 자신에 대한 확신이 없기 때문이다. 불안한 사람이 하는 사랑은 사랑이 아니다. 의존이나 폭발이다.

머리카락 한 올 만큼 극히 가는 줄이 기계에 걸리면 기계가 모두 파괴되고 파열된다. 마찬가지로 (박애 행위에) 자기 이익을 생각하는 타산이 조금이라도 개재하면 다 무너진다. 예컨대 내가 만인을 위하여 스스로를 희생하려 한다고 치자. 이런 경우 이익을 얻겠다는 생각은 추호도 없어야 한다. (……) 그러면 그 일을 어떻게 할 것인가? 그것은 흰곰에 대해 상상하지 않으려고 하는 것과 같다. 한번 시험해 보라. 흰곰에 대한 것을 상상하지 않겠다고 마음속으로 생각하면 곧 흰곰이 끊임없이 떠오를 것이다. 그러면 어떻게 할 것인가. 어떻게도 할 수 없다. 그저 천성 속에 저절로 이루어질 수 있도록 해야 한다. 즉 전 종족의 본성 속에 무의식적으로 들어앉도록 해야 한다. 다시 말해서 박애 정신이 생기기 위해서는 사랑하지 않고서는 안 된다.

「여름 인상에 대한 겨울 메모」

결국 무조건적인 사랑은 개인적 차원에서건 공적인 차원에서건 불가능하다. 절대적인 사랑의 불가능성에 대한 언급은 유배 이후 도스토옙스키의 전 작품에서 끊임없이 반복된다. 보상에 대한 생각이 천 만분의 일만 개재해도 그 사랑은 사랑으로서의 의미를 상실한다. 도대체 소설 속에서가 아니라면 이런 사랑을 누가 할 수 있겠는가.

저기 마샤가 누워 있다. 마샤와 다시 만날 수 있을까? 그리스도의 계율에 따라 누군가를 나 자신처럼 사랑하는 것은 불가능하다. 개성의 법칙은 지상에서 우리를 구속한다. 자아가 방해가 된다. 그리스도만이 유일하게 그렇게 할 수 있었다. 하지만 그리스도는 인간이 자연의 법칙에 의해 추구하고 있는, 그리고 추구해야만 하는 영원한 이상이었다.

『노트북』

첫 번째 부인의 관 앞에서 밤샘을 하면서 도스토옙스키가 적어 놓은 구절. 연구자들이 많이 인용하는 대단히 유명한 글이다. 사랑의 불가능 앞에서 느끼는 인간의 끝없는 절망이 그대로 묻어난다. 수많은 지혜서가 우리에게 타인을 있는 그대로 받아들여야 한다고 가르친다. 그러나 그 가르침을 실천하는 것은 거의 불가능하다. 이성적으로 수용한다고 해도 우리의 감성은 도저히 이성을 따르지 못한다. 도스토옙스키의 이후 소설들은 이 불가능에 대한 실존적 도전이고 절망의 심연에서 솟아오르려는 장엄한 몸짓이다.

내가 그녀를 사랑하고 있는 것일까? 그러나 역시 대답을 하지 못했다. 아니 차라리 그녀를 미워한다고 대답하는 편이 낫겠다. 그렇다, 나는 그녀가 혐오스러웠다. 그녀를 목 졸라 죽이기 위해 반생을 바칠 생각을 한 적도 있었다. (……) 그런데 웬일인지 만일 그녀가 슐란겐베르크의 유명한 봉우리에서 정말로 내게 〈밑으로 떨어져요〉라고 말했다면 나는 당장에 몸을 던졌을 것이다. 나는 그걸 알고 있었다.

『노름꾼』제1장

주인공이 폴리나에 대한 자신의 감정을 설명하는 대목. 그가 원하는 것은 소유와 지배다. 소유할 수 없고 지배할 수 없는 대상에 대한 분노는 자해의 상상으로 이어진다. 목숨 걸고 하는 사랑은 폭력이다.

「이보게, 난 그 누구에게도 저 여자를 내주지 않기로 결심했네. 우리 조용히 밤을 지새자고. 나는 오늘 아침 한 시간 정도만 집을 비웠네. 하지만 줄곧 나스타시야 곁에 있었지. 그리고 저녁때 자네를 데리러 나갔던 거지. 날이 더워져서 시체 썩는 냄새가 나지 않을까 걱정이네. 혹시 냄새가 나지 않는가?」

『백치』 제4부 제11장

로고진은 나스타시야를 죽이고 발광한다. 그녀를 너무 사랑한 나머지 영원히 소유하기 위해서 그랬다는 게 그의 변명이다. 그러나 인간은 다른 인간을 〈너무〉 사랑할 수 없다. 불가능하다. 사랑이란 그 자체로서 완벽하고 충만한 것이므로 도를 넘을 수도 못 미칠 수도 없다. 로고진의 행위는 증폭된 사랑이 아닌 괴물처럼 변질된 사랑의 결과다.

사랑

이반 피리예프 감독이 제작한
영화 「백치」(1958) 포스터.

「얘, 아르카샤, 제발 우리에게 화내지 말아라. 설사 우리가 없더라도 너는 똑똑한 사람들을 많이 알고 있겠지만, 만일 우리가 없다면 도대체 누가 너를 사랑하겠니?」

「그렇기 때문에 가족의 사랑은 부도덕해요, 어머니. 그것은 어떤 행위에 의해서 얻은 것이 아니니까요. 사랑은 행위에 의해 얻어야 합니다.」

「차차 그렇게 해서 얻으면 되지. 그렇지만 여기서는 그렇게 하지 않아도 모두가 너를 사랑해.」

『미성년』 제2부 제5장

가족이라고 해서 반드시 구성원들이 서로를 사랑하는 것은 아니다. 노력과 선행을 수반하지 않기에 가족 간의 사랑이 부도덕한 것도 아니다. 때로는 가족이라는 것이, 그리고 억지로 꿰맞춘 〈가족 같은 관계〉가 굴레가 되어 자유로운 사랑을 방해하기도 한다.

「실천적 사랑은 노동이자 인내이며, 어떤 사람들에게는 어쩌면 완벽한 학문이기도 합니다. 그러나 예언하는 바이지만, 당신이 온갖 노력을 다 기울였음에도 불구하고 목표에 다가가기는커녕 거기에서 더욱 멀어지고 있다는 사실을 두려움 속에서 목격하는 순간, 바로 그 순간 갑작스레 목표를 성취하게 되며, 언제나 사랑으로 보살피시며 언제나 보이지 않게 이끌어 주시는 하느님의 기적적인 권능과 마주치게 될 것입니다.」

『카라마조프 씨네 형제들』 제1부 제2권

조시마 장로의 조언. 사랑과 봉사와 연민을 실천하려 노력하지만 아무것도 바꿀 수 없고 그 누구도 불행에서 벗어나게 해줄 수 없음을 깨닫게 될 때 우리는 좌절한다. 일종의 〈연민 피로증〉이다. 그러나 조시마 장로의 말처럼 포기하려는 바로 그 순간에 갑작스럽게 변화가 이루어지기도 한다. 그런 식으로 인생에는 기적이 찾아온다.

「이웃을 실천적으로, 그리고 끊임없이 사랑하려고 노력하십시오. 그 사랑이 성공을 거두게 되면 신의 존재도, 자기 영혼의 불멸도 확신하게 될 것입니다. 이웃 사람들에 대한 사랑이 완벽한 자기희생에까지 이르게 된다면, 그때는 틀림없이 확신을 얻게 되고, 또한 어떤 의혹도 당신의 영혼 속으로 찾아들지 못하게 됩니다. 이것은 경험을 거친 사실이며 분명한 것입니다.」

『카라마조프 씨네 형제들』, 제1부 제2권

도스토옙스키의 그 유명한 〈실천적 사랑〉이다. 이웃에 대한 사랑이 완벽한 자기희생에 이르게 되기까지 인간은 얼마나 많은 시행착오와 회의와 절망을 겪어야 할 것인가. 이런 사랑을 완수할 수 있는 인간은 사실상 극소수에 불과하다. 그러나 가능하지 않은 것은 아니다. 문제는 실천적 사랑의 성공이 아니라 그 가능성에 대한 믿음이다.

「만일 갑자기 그럴 필요가 생긴다면 사람들을 위해 실제로 십자가를 걸머지겠다고 생각하지만, 나는 단 이틀도 같은 방에서 어떤 사람하고든 함께 지낼 수 없으며, 이것은 내가 경험을 통해 알고 있는 바이다. 어떤 사람이 내게 가까이 있게 되면, 그의 개성은 바로 나의 자존심을 짓누르고 나의 자유를 구속한다. 아무리 훌륭한 사람일지라도 하루만 지나면 나는 그를 증오하게 된다. 어떤 사람은 식사 시간에 너무 오래 먹는다는 이유 때문에, 또 다른 사람은 감기에 걸려 계속 코를 풀어 댄다는 이유 때문이다. 일단 나를 아주 조금이라도 건드리게 되면 나는 사람들의 적이 되고 만다. 그래서 개별적 인간을 증오하면 할수록 인류에 대한 나의 보편적 사랑은 한층 타오르게 된다는 그런 이야기입니다.」

『카라마조프 씨네 형제들』 제1부 제2권

도스토옙스키는 한 존재가 다른 한 존재를 개인 대 개인으로 백 퍼센트 이기심 없이, 변함없이 사랑한다는 것은 거의 불가능하다고 수차례 강조했다. 인간은 그래서 보편적인 인류 사랑, 감상적 사랑, 그의 표현에 따르면 〈공상적 사랑〉으로 눈을 돌린다고도 했다. 우리는 사랑을 사랑한다. 사랑이 가장 소중한 가치라는 데 거의 모두 동의한다. 누구나 사랑하고 있는 상태에 놓여 있는 것을 갈망한다. 그렇기 때문에 우리는 사랑의 환상에 쉽게 빠지기도 한다. 그러나 이러한 사랑 역시 인간 실존의 엄연한 한 부분이다. 실천적 사랑 없는 공상적 사랑은 무의미하다. 반면에 공상적 사랑 없는 실천적 사랑은 불가능하다. 결국 도스토옙스키의 취지는 실천적 사랑이 공상적 사랑을 대체해야 한다는 것은 아니다. 실천적 사랑에의 지향이 없으면 모든 사랑은 공상적 사랑으로 끝날 수밖에 없다는 것이다.

「나는 그분의 신이 될 것이고 그분은 내게 기도를 드리게 될 것이에요. (……) 그분은 내게 성실하지 않았고 또 나를 배신했지만 내가 그분께 바친 신의와 맹세를 평생 지키고 있는 모습을 일생 동안 보게 될 거예요. 나는 그렇게 할 거예요……. 나는 오로지 그분의 행복의 수단, 행복의 도구, 행복의 기계가 될 것이에요. 한평생, 한평생 그럴 작정이에요. 앞으로 그분이 일생 동안 그걸 목격하도록 말이에요!」

『카라마조프 씨네 형제들』 제2부 제4권

오만하고 지적인 여인 카테리나가 드미트리에 대한 자신의 사랑을 규정하는 대목. 그녀에게 사랑은 반드시 이겨서 금메달을 따야 하는 스포츠 경기와 흡사하다. 자기를 배신한 드미트리를 끝까지 사랑함으로써 그를 노예로 만들겠다는 심산이다. 사랑과 헌신으로 보이는 어떤 행위가 집요하고 뻔뻔스러운 지배욕의 이면일 경우도 많다.

「형의 모욕이 심해질수록 당신의 사랑은 더욱 커질 것입니다. 당신의 파열이란 바로 그런 것이니까요. (……) 그러나 형이 당신한테 필요한 것은 형에 대한 변함없는 당신의 신의를 만끽하고 싶기 때문이고, 당신에 대한 형의 배신을 책망하고 싶기 때문입니다. 이 모든 것은 당신의 자존심에서 비롯된 것입니다. 오, 거기에는 많은 굴욕과 자기 비하가 따르겠지만, 그 모든 것은 자존심 때문에 비롯된 것입니다.」

『카라마조프 씨네 형제들』 제2부 제4권

카테리나의 사랑에 대한 이반의 정의. 비난받을 일을 저지른 사람을 비난하는 것은 대부분의 사람에게 커다란 즐거움을 준다. 인간이 스스로의 상대적인 도덕적 우월감을 확인하면서 느끼는 즐거움 또한 꽤 크다. 도덕적인 여성이 부도덕한 배신자에게 주는 변함없는 사랑은 문자 그대로 공상적인 것이다. 그것은 사랑이 아니라 자존심과 자기애다.

나는 넋 나간 사람처럼 우두커니 서 있었습니다. 햇살이 비치고 나뭇잎들은 환희에 넘치는 듯 반짝이며 새들은 하느님을 찬송하고 있었습니다……. 나는 두 손으로 얼굴을 가린 채 침대에 쓰러져 하염없이 눈물을 흘렸습니다. 그때 마르켈 형의 모습과 형이 죽기 직전에 하인들에게 〈훌륭하고 착하신 분들, 여러분은 어째서 내 시중을 들어 주시나요? 제가 시중을 받을 만한 가치가 있는 놈인가요?〉라고 했던 마지막 말이 생각났습니다. 그러자 〈그래, 내가 그럴 만한 가치가 있는 놈일까〉 하는 생각이 별안간 뇌리를 스치고 지나갔습니다.

『카라마조프 씨네 형제들』 제2부 제6권

조시마 장로가 수도 서원을 하기까지의 자신의 일생을 회고하는 대목. 혈기왕성하고 방탕한 청년 조시마는 연애 사건으로 인해 결투에 연루된다. 결투 당일 날 새벽 그는 마음이 영 불편하다. 결투에 대한 두려움 때문이 아니라 그 전날 아무 죄도 없는 하인을 두들겨 팼던 일이 생각나서이다. 그에게 실천적 사랑은 〈내가 누리는 모든 것은 내가 그럴 가치가 있어서 주어진 것인가〉라는 의문에서 출발한다.

〈저의 생명이신 어머니, 진실로 모든 이는 모든 일에 대해, 모든 사람들 앞에 죄를 짓고 있어요. 사람들은 이 사실을 모르고 있을 따름이지만 만약 알기만 한다면 바로 낙원이 펼쳐질 거예요.〉 오오, 이 말이 과연 거짓일까요? 저는 제가 어쩌면 누구보다도 더 많은 죄를 저질렀으며 이 세상에 있는 그 누구보다도 더 못된 인간이라고 생각하며 눈물을 흘렸습니다! 그러자 모든 진실을 갑자기 깨닫게 되었습니다.

『카라마조프 씨네 형제들』 제2부 제6권

조시마 장로가 오래전에 죽은 형의 말을 상기하는 대목. 형의 말이 계기가 되어 조시마는 결투장에서 총을 내던지고 상대방에게 용서를 청한다. 그리고 수도원으로 간다. 도스토옙스키는 윤리 철학의 핵심을 〈모든 사람은 모든 일에 대해 모든 사람 앞에 죄인이다〉라는 불합리한 주장에 두었다. 따지거나 분석해서는 도달할 수 없는 결론이다. 궁극적으로 우리가 세상을 대하는 태도는 이 주장에 공감하거나 안 하거나에 달려 있다는 생각이 든다.

형제 여러분, 사랑은 여선생님입니다. 그러나 그것을 자기 것으로 만들 수 있어야 합니다. 그것은 얻기 힘들고 구하려면 비싼 대가를 치러야 하고 오랜 세월에 걸쳐 많은 일을 해야 하기 때문이며, 사랑이라는 것은 우연한 순간이 아니라 어느 때에나 실천해야 할 것이기 때문입니다. 우연히 하는 것이라면 누구든 사랑할 수 있으며, 악당들조차 그렇게 할 수 있을 것입니다.

『카라마조프 씨네 형제들』 제2부 제6권

사랑에 대한 가장 정확한 정의다. 단순한 감정이나 소유욕이나 집착이나 의존이 아닌, 그리스도의 사랑을 본받는 사랑은 우리가 오랜 세월 넘어지고 쓰러지고 다시 일어서기를 반복하며 스스로를 수양함으로써만 가능해진다. 이런 사랑이야말로 세상에서 가장 어려운 일일 것이다. 김수환 추기경의 글에서 위로를 찾아본다. 〈사랑이 머리에서 가슴으로 내려오는 데 70년이 걸렸다.〉 추기경에게조차 이토록 긴 세월과 각고의 노력이 요구되는 사랑이라면 우리 같은 보통 사람이 어려워하는 것은 당연한 일 아니겠는가.

「여러분, 나는 어딘가 부정직한 아버지의 그 얼굴, 그 오만, 모든 성스러움에 대한 경멸, 조소, 불신이 싫었습니다. 혐오스럽습니다, 혐오스러워요! 하지만 아버지가 죽고 난 지금, 나는 생각이 바뀌었습니다.」

「아니, 어떻게요?」

「바뀐 것이 아니라, 아버지를 그토록 증오했던 사실이 유감스러운 겁니다.」

「후회하는 건가요?」

「아니, 후회하는 것은 아닙니다. 이 말은 기록하지 마십시오. 나는 나쁜 놈입니다, 여러분, 사실 쓸모없는 인간입니다. 그러니 아버지를 부정적으로 바라볼 권리도 없는 것이겠죠, 바로 그렇습니다! 자, 이 말은 기록해 주십시오.」

『카라마조프 씨네 형제들』 제3부 제9권

극도로 혐오스러운 인간에게 혐오를 느끼지 않는다는 것은 불가능하다. 자신이 과거에 혐오했던 것을 후회하는 것 또한 부질없다. 그러나 자신에게 타인을 혐오할 권리가 없다는 것을 인정하는 것은 또 다른 문제다. 어쩌면 이렇게 수동적인 태도, 즉 혐오스러운 것을 혐오하지 않으려고, 혹은 덜 혐오하려고 노력하는 것만으로도 우리는 사랑을 조금쯤은 실천할 수 있을지 모른다.

고독 속에 머물면서 기도드리십시오. 기꺼이 대지에 엎드려 그 대지에 입을 맞추십시오. 열심히 대지에 입을 맞추면서 끝없이 사랑하십시오. 만인을, 만물을 사랑하며 사랑의 환희와 열광을 추구하십시오. 기쁨의 눈물로 대지를 적시고 그것을 소중하게 여기십시오. 이러한 열광을 부끄러워 마시고 오히려 소중히 여기십시오. 왜냐하면 그것은 신의 위대한 선물이며 누구에게나 주어지는 것이 아니라 선택받은 자에게만 주어지기 때문입니다.

『카라마조프 씨네 형제들』 제2부 제6권

러시아 문학에서 대지는 삶, 삶의 근원, 어머니를 상징한다. 대지에 엎드리고 대지를 기쁨의 눈물로 적시라는 것은 삶의 근원으로 돌아가 살아 있음을 만끽하라는 뜻이다. 땅바닥에 엎드리는 것은 완전한 묵종을 의미한다. 자신의 의지로써 할 수 있는 것을 다 한 뒤 인간은 묵종의 단계로 건너간다. 묵종의 기쁨 속에서 전 우주를 가슴에 끌어안을 수 있다는 것은 신의 위대한 선물이다.

그는 그녀의 과거를 끝없는 동정심을 갖고 바라보았
다. 만일 그루셴카가 그를 사랑하며 결혼하고 싶다는 말
한마디만 하면 당장에라도 그루셴카와의 새로운 삶이 시
작되는 것이니, 완전히 새로워진 드미트리 표도로비치
자신은 그녀와 더불어 모든 악으로부터 손을 떼고 착한
일만 하며 살아가야겠다고 이글거리는 정념 속에서 굳게
마음먹고 있었다. 즉 두 사람은 서로를 용서하고 완전히
새로운 인생을 시작하는 것이다.

『카라마조프 씨네 형제들』, 제3부 제8권

조시마 장로는 성직자다. 따라서 그가 강론 중에 언급하는 사랑은
아름답게 들리지만 신학적 추상성을 떨쳐 버리기 어렵다. 그가 말하
는 사랑을 보통 사람에게 적용시킨다면 아마도 드미트리와 그루셴
카의 사랑으로 구체화되지 않을까 싶다. 두 남녀의 사랑은 근본적으
로 에로스적인 것이다. 그러나 상대방에 대한 연민, 용서, 그리고 선
에의 지향이 여기 더해짐으로써 그들의 사랑은 지상에서 남녀가 만
들어 낼 수 있는 가장 이상적인 사랑에 근접한다.

# 용서

용서는 인간이 할 수 있는 가장 〈신적인〉 행위다. 용서하기 위해서는 연민이라는 작용이 필요하다. 혐오의 대상을 혐오가 아닌 연민의 눈으로 볼 수 있을 때 우리는 용서의 단계로 들어간다. 쉽지 않은 일이다. 게다가 섣부른 연민이나 용서가 오히려 더 큰 재앙을 불러오는 경우도 많다. 법적인 심판과 종교적인 용서는 다른 문제다. 그래서 그런지 도스토옙스키는 용서 행위보다는 용서할 수 없는 죄악에 대해 더 많이 얘기한다. 그는 〈당신은 어디까지 용서할 수 있는가〉라고 물으며 우리를 극한으로 몰아간다.

민중들은 아무리 그것이 무서운 것이라 할지라도 죄수의 죄를 결코 책망하는 법이 없으며, 그들이 받은 형벌과 그들의 불행을 대개는 용서한다. 러시아 전체에서 모든 민중들이 죄를 불행이라고 부르며, 죄수를 불행하다고 여기는 것은 바로 이러한 까닭이다. 이것은 아주 의미심장한 생각이다. 이것은 무의식 중에 본능적으로 그렇게 된다는 점에서도 무척이나 중요하다.

『죽음의 집의 기록』 제1부 제4장

러시아 민중이 죄인을 〈불행한 사람〉 취급하는 것은 오로지 소설 속에서만, 그것도 정서적으로만 아름다운 일이다. 도스토옙스키는 「환경」이란 칼럼에서 순진하고 감정적인 연민을 강력하게 비판한다. 연민은 필요하지만 연민이 아닌 다른 것이 필요한 맥락에서 연민을 보여서는 안 되며, 싸구려 동정심에서 범죄자를 무죄 방면하는 것은 공멸로 가는 지름길이라는 취지다. 〈엄격한 벌과 감옥과 노역이 범죄자들의 절반을 구해 주었을 것이다.〉 도스토옙스키는 종교적인 용서의 문제를 법과 원칙의 문제와 뒤섞는 것에 언제나 반대했다.

사람은 누구나 모두, 그가 모욕을 당한 사람이라고 할지라도, 본능적으로든지 아니면 무의식적으로든지 자기의 인간적 가치에 대한 존중을 요구하는 것이다. 죄수 자신도 자기가 죄수라는 것을, 버림을 받은 사람이라는 것을 잘 알고 있으며, 간수 앞에서의 자기 위치도 알고 있다. 그러나 어떠한 낙인으로도, 어떠한 족쇄로도 그로 하여금 그가 인간이라는 사실을 잊게 만들 수는 없다. 실제로 그는 인간이므로, 결국 그를 인간적으로 대하지 않을 수 없다. 아, 그렇다! 〈인간적인 대접〉은 이미 오래전에 신의 형상을 상실했던 그런 사람들조차도 인간으로 만들 수 있는 것이다. 이 〈불행한 사람들〉이야말로 가장 인간적으로 대해 주어야 한다. 이것이야말로 그들의 구원이자 기쁨이다.

『죽음의 집의 기록』 제1부 제8장

도스토옙스키에게 연민은 불쌍히 여긴다는 것과 조금 다르다. 아무리 사악한 인간이라도 만일 그에게 다만 한 방울이라도 인간적인 부분이 남아 있다면 그를 인간으로 대해야 한다는 뜻이다. 범죄자를 구제하는 것은 동정심이 아니라 그로 하여금 스스로를 인간으로 깨닫게 해주는, 동료 인간의 인간적인 대접이다. 인간적인 대접을 받는 범죄자가 스스로를 인간으로 느낄 때 죄를 뉘우치는 일이 가능하다. 범죄자가 스스로 죄를 뉘우칠 때에 용서와 갱생의 선순환이 시작될 수 있다. 도스토옙스키는 현실과 괴리된 연민, 용서, 위로 같은 따뜻하고 달콤하고 부드러운, 그러나 추상적인 개념들에 언제나 엄격한 태도를 취했다.

감옥에서는 때때로 몇 년 동안 알고 지내던 사람을 사람이 아니라 짐승이라고 판단하고는 그를 경멸하는 경우가 종종 있다. 그러나 갑자기 뜻하지 않은 충동으로 우연스럽게 그의 영혼이 겉으로 드러나는 순간이 되어, 당신에게 마치 두 눈이 열리는 것 같고 도저히 자신이 처음에 목격하고 들은 것을 믿지 못할 정도로, 당신은 그의 영혼 속에서 자신과 다른 사람의 고통에 대한 분명한 이해와 어떤 풍요로운 감성과 정신을 보게 될 수도 있다.

『죽음의 집의 기록』 제2부 제7장

그래서 우리는 인간을 반드시 인간으로 대해 주어야 한다. 이것은 혐오스럽고 경멸스럽고 흉측한 인간 개개인에 대한 얘기가 아니다. 악을 연민으로 대하라는 얘기도 아니다. 인간과 세상을 바라보는 보편적인 시선에 관한 얘기다. 이런 시선을 우리는 인간의 도리라 부르는지도 모른다. 세상에서 가장 어려운 일 중의 하나가 인간의 도리를 지키는 일 아닌가 싶다.

〈그런데 그녀의 얼굴이 단순히 정욕만을 불러일으키는 것일까? 그 얼굴이 과연 정욕을 불러일으킬 수 있을까? 그 얼굴은 연민을 불러일으키며, 모든 영혼을 사로잡는다. 바로 그 얼굴이……〉 고통스러운 추억이 공작의 가슴을 갑자기 스치고 지나갔다.

『백치』 제2부 제5장

주인공 미시킨 공작이 나스타시야의 얼굴에 관해 평가하는 대목. 오로지 미시킨 공작만이 아름다운 나스타시야의 얼굴을 보며 연민을 느낀다. 화려한 미모 아래 깔려 있는 깊은 고통의 흔적을 볼 수 있기 때문이다. 인간이 잘 본다는 것은 상대방의 얼굴이 우리에게 어떤 감정을 불러일으키든, 정욕이건 혐오건 증오건 호감이건, 그 아래 깔려 있는 고통의 흔적을 볼 수 있는 것 아닐까.

미시킨과 나스타시야.
L. 페인베르크, 1947년.

연민은 로고진 자신에게 새로운 삶의 의미와 교훈을 줄 것이다. 연민이야말로 모든 인간 존재에게 가장 중요하고 유일할 수 있는 법칙이다.

『백치』 제2부 제5장

미시킨 공작이 자신의 연적인 로고진에 관해 생각하는 대목. 〈연민의 법칙〉은 도스토옙스키의 전 작품을 아우른다. 연민은 연민을 느끼는 사람의 인생을 바꿔 준다.

「물론 사기입니다! 부르돕스키 씨가 파블리셰프의 아들이 아니라는 사실이 판명된 마당에 그의 요구는 당연히 사기 아닌가요? (……) 이 모든 것이 허위였다는 사실이 드러났음에도 불구하고 나는 나의 결심을 번복하지 않고 파블리셰프를 기리는 마음으로 1만 루블을 드리겠습니다. (……) 부르돕스키 씨가 〈파블리셰프의 아들〉이 아니라고 해도 그는 거의 〈파블리셰프의 아들〉이나 진배없기 때문이지요.」

『백치』 제2부 제8장

부르돕스키라는 건달이 다른 건달 몇 명과 짜고서 자기야말로 미시킨에게 막대한 유산을 상속해 준 파블리셰프의 진짜 아들이므로 유산을 나눠 가져야 한다고 주장한 사건. 그들의 주장은 결국 거짓임이 판명되었다. 그럼에도 미시킨은 그에게 돈을 준다고 제안한다. 이유는 부르돕스키가 〈거의 파블리셰프의 아들이나 마찬가지이기 때문이다〉. 어딘지 코믹하게 느껴지는 그의 말은 역설적이게도 그리스도교 신학의 핵심을 전달한다. 그리스도의 눈으로 볼 때 진짜와 가짜의 차이란 별로 크지 않을지도 모른다.

그리고 나서 침상에서 내려와 주변을 둘러보았을 때 갑자기 내가 이 불행한 인간들을 전혀 다른 시선으로 볼 수 있음을 문득 느꼈던 것이 기억난다. 또한 나의 모든 적의와 분노가 내 가슴속에서 마치 기적처럼 사라져 버렸던 것이 기억난다. 나는 마주치는 얼굴들을 찬찬히 바라보면서 걸어갔다. 머리를 깎이고 얼굴에 낙인이 찍힌 이 농부들, 술 냄새를 풍기면서 목쉰 소리로 노래를 부르는 이 저주받은 농부들, 이들 역시 마레이와 똑같은 사람들인지도 모른다. 내가 그 마음속을 들여다볼 수는 없는 노릇 아닌가.

「농부 마레이」

화자가 끔찍하고 추악한 농부 죄수들에게서 어린 시절 만났던 선량한 농부 마레이의 모습을 보는 순간, 그는 증오에서 해방된다. 증오는 시간이 흐르면 결국 증오하는 사람에게 고통을 준다. 그런 증오를 해소하기 위해서는 증오스러운 대상을 바라보는 시선을 바꿔야 한다. 잘못하면 증오도 습관이 된다.

「그러나 그들 모두를 용서해 주어야 해요. 용서해 줍시다, 리즈. 그리고 영원히 자유로워집시다. 세상에서 해방되어 완전히 자유로워지려면 용서해야 합니다. 용서하고 또 용서해야 해요.」

「그런데 왜 제게 무릎을 꿇으세요?」

「세상과 작별하면서 당신의 형상 속에 깃들어 있는 나의 모든 과거와도 작별하기 위해서입니다!」 그는 울면서 그녀의 두 손을 들어 눈물이 흐르고 있는 자신의 눈에 갖다 댔다.

『악령』 제3부 제3장

스테판 베르호벤스키가 고향을 등지며 하는 말. 용서해야 자유로워진다. 용서는 진정한 해방을 원하는 사람이 통과해야 하는 가장 어려운 관문이기도 하다. 자기 자신을 용서해야 하고 타인을 용서해야 한다. 때로는 신을 용서해야 한다. 인간의 용서와 신의 용서는 신비하게 맞닿아 있다. 한나 아렌트는 행위자를 행위의 결과로부터 해방시켜 주는 것은 용서밖에 없다고 단언했다. 〈인간은 행한 것으로부터 서로를 해방시켜 줌으로써만 자유로운 주체로 남을 수 있다.〉

「아무것도 두려워하지 마십시오, 결코 두려워하지 마십시오, 번민하지도 마십시오. 회개하는 마음이 줄지만 않는다면 하느님께서도 용서하실 테니까요. 진실로 회개하면서도 하느님께 용서받지 못할 그런 죄는 이 세상에 존재하지도 않고 존재할 수도 없습니다. 하느님의 무한한 사랑으로도 감당하지 못할 그런 큰 죄를 인간은 결코 범할 수 없는 것입니다. 하느님의 사랑을 초월할 수 있는 그런 죄가 가능하겠습니까? 회개에 대해서만 끊임없이 배려하시고 두려움일랑 마음속에서 몰아내십시오.」

『카라마조프 씨네 형제들』 제1부 제2권

  인간의 죄와 신의 용서는 다른 차원의 것이다. 인간의 죄가 3차원적이라면 신의 용서는 무차원이다. 인간의 진정한 뉘우침이 3차원과 무차원을 연결해 준다.

조시마 장로와 사람들
니콜라이 카라진, 1893.

세상 사람들보다 못할 뿐만 아니라, 그들 앞에서 모든 사람들에게, 모든 일에, 즉 사람의, 세계의, 개개인의 모든 죄에 대해 자신이 죄인이라는 것을 깨달을 때만이 우리 은 둔 생활의 목적이 달성됩니다. 왜냐하면 우리들 한 사람 한 사람은 이 지상의 모든 사람들에 대하여, 모든 일에 대하여, 세계의 보편적 죄악뿐 아니라 이 지상의 만인들에 대하여, 각각의 개인들에 대하여 분명히 죄인이기 때문입니다. 이러한 자각은 수도자뿐 아니라 세상 모든 사람들이 걸어야 할 길의 화관(花冠)입니다.

『카라마조프 씨네 형제들』 제2부 제4권

조시마 장로가 수도사들에게 하는 설교 중의 한 대목이다. 〈만인은 만사에 대해 만인 앞에 죄인이다〉라고 요약되는 그의 설교는 도스토옙스키 그리스도교의 핵심이다. 상식이나 논리를 뛰어넘는 주장이므로 여러 가지 반박과 논란을 불러일으킬 수 있지만, 이 주장에 우리가 공감할 수 있을 때 우리는 인간에게 가장 어려운 일, 즉 용서를 실행할 수 있을 것이다.

「만일 용서하고 싶으면 자기 몫만 용서하면 되고, 어머니로서의 끝없는 고통에 대해서만 가해자를 용서하면 되는 거야. 그러나 그녀는 갈가리 찢겨 죽은 아이의 고통에 대해서는 압제자를 용서할 권리도 없고 감히 용서할 수도 없는 거야. 그 애 스스로가 그자를 용서한다 치더라도 말이야. 그런데 만일 그렇다면, 만일 그들이 용서할 수 없다면 조화란 어느 곳에 있을까? 그렇다면 이 세상에 용서할 수 있고 용서할 권리를 가진 사람은 존재하는 걸까? 나는 조화를 원치 않아. 인류에 대한 사랑 때문에 원치 않는단 말이야. (……) 신을 받아들이지 않는다는 것이 아니야. 알료샤. 난 그저 입장권을 정중히 돌려보내는 것뿐이야.」

『카라마조프 씨네 형제들』 제2부 제5권

이반은 인간에 대한 사랑 때문에 신을 규탄한다. 죄 없는 어린아이를 극도의 고통 속에서 죽게 한 가해자뿐만 아니라 그런 고통을 세상에 있게 한 신을 규탄한다. 그 누구도 어린아이의 고통에 대해 그 가해자의 용서 운운할 수 없다. 도스토옙스키는 인간이 어디까지 용서할 수 있는지, 그 한계점으로 우리를 몰고 간다. 인간은 신을 용서할 수 있는가?

# 기쁨

기쁨은 높아진 만족도나 자족감, 혹은 행복감과는 다른 어떤 것이다. 때로 행복과 기쁨은 중첩되기도 한다. 그러나 같은 것은 아니다. 기쁨은 우리 삶의 어떤 원동력 같은 것으로 사람들은 각기 다른 방식으로 그것을 발견하고 체감하고 유지한다. 기쁨은 물질적인 조건을 요구하지만 동시에 그것을 초월한다. 기쁨도 인생처럼 〈비선형〉이다. 불행 속에서도 기쁠 수 있다면 삶은 살아진다. 기쁨과 관련하여 가장 놀라운 것은 그것이 많은 경우 예기치 않은 경로를 통해 예기치 않은 방식으로 우리에게 선물처럼 주어진다는 점이다. 그런 기쁨에 대해 우리가 할 수 있는 것은 한 가지, 감사한 마음으로 받는 것이다.

이른 봄, 강변의 돌 틈새에 핀 초라하고 가녀린 꽃들까지도 병적이라 할 만큼 내 주의를 끌었다. 유형 생활 첫해에 느낀 우수는 견디기 힘든 것이었으며, 몸서리쳐질 정도로 나를 괴롭게 만들었다. 이러한 심경 때문에 첫해를 나는 주변의 상황에 대해 많은 것을 모르고 지냈다. 눈과 귀를 막고 아무것도 알고 싶어 하지 않았다. 증오에 찬 동료 죄수들 중에서도 거부감을 유발시키는 외모를 갖고 있긴 해도 사려가 깊고 감정이 풍부한 좋은 사람이 있다는 것을 알지 못했다. 또한 독기에 찬 말을 하지만 그 속에 아무런 가식이 가미되지 않았다는 것, 나 이상으로 고뇌하며 살아온 영혼의 진가를 가진 온유함과 친절한 애정이 스며 있다는 것을 알지 못했다.

『죽음의 집의 기록』 제2부 제5장

발견의 커다란 기쁨 중 하나는 전혀 기대하지 않았던 타인에게서 아름다움을 발견하는 것이다. 이 기쁨을 누리기 위해서 우리는 눈과 귀를 열어 두어야 한다. 그 어떤 것도 알고 싶어 하지 않는 심리적 상태는 기쁨을 차단하는 감옥이다.

그는 자신의 감옥 동료들을 보면서 놀랐다. 그들 모두 역시 얼마나 인생을 사랑하고, 삶을 소중히 여기고 있는가! 그들은 자유로울 때보다도 감옥에서 더 삶을 사랑하고 가치 있게 여기며, 더 소중하게 생각한다고 그에게는 여겨졌다. 그들 중 어떤 사람들, 예를 들면, 부랑자들은 얼마나 무서운 고통과 학대를 견뎌 냈는지 모를 일이었다! 그런데 정말로 한 줄기 햇살이나, 울창한 숲이나 깊은 숲속의 남에게 알려지지 않은 샘솟는 차가운 샘물이 그들에게 그토록 큰 의미를 지니지 않는가. 부랑자들은 그 샘물을 재작년에 발견하고는, 그 샘물과의 만남을 마치 애인과의 만남처럼 꿈꾸며, 꿈에서조차 샘물 주변의 푸른 풀과 관목 사이에서 지저귀는 새를 그리워하지 않는가. 가만히 들여다보면 들여다볼수록 그는 더 설명할 수 없는 많은 예들을 발견할 수 있었다.

『죄와 벌』 에필로그 제2장

삶을 감사하게 여길 때 작은 것들이 눈에 들어온다. 삶을 사랑한다는 것은 작은 것을 볼 수 있다는 뜻이기도 하다. 작은 것을 볼 수 있을 때 우리는 삶 속에 얼마나 많은 기쁨의 알갱이가 뿌려져 있는지를 알게 된다. 라스콜니코프의 시베리아 유배는 발견의 여정이다. 우리가 공짜로 받은 모든 것에 예의를 차리는 법을 배워 가는 과정이다. 거대한 권력과 성공을 꿈꾸었던 그는 이곳에서 다시 시작한다. 햇살 한 줄기와 작은 샘물과 풀잎 한 포기에서.

아주 상냥한 표정을 지어 보였음에도 불구하고 그의 미소만은 지나치게 미묘한 데가 있었다. 그가 웃고 있을 때 치아는 진주처럼 가지런히 드러났다. 그의 시선은 명랑하고 소박해 보이는 외모에 걸맞지 않게 무언가 지나치게 꿰뚫어 보려는 듯했다.

〈이 사람은 혼자 있을 때 전혀 다른 표정을 짓고 있음에 틀림없다. 게다가 생전 가야 웃지 않을지도 모른다.〉 공작은 속으로 이런 생각이 들었다.

『백치』 제1부 제2장

인간의 웃는 모습에 대한 도스토옙스키의 관찰은 소설 여기저기에 나타난다. 속이 검고 욕심이 많으며 비굴한 청년 가냐는 기쁨을 모른다. 그래서 웃는 법도 모른다. 도스토옙스키에게 〈평생 웃지 않을지도 모른다〉는 것은 가장 불행하거나 가장 사악한 인간, 혹은 불행하면서 동시에 사악한 인간에게 적용되는 특성이다.

「낯설다는 것이 나를 죽도록 압박했어요. 그런데 나는 그러한 암흑 속에서 완전히 깨어나게 됐는데, 지금도 기억하지만, 스위스로 막 들어서던 저녁, 바젤시에서였지요. 도시 장터에서 들리는 당나귀의 울음소리가 나를 잠에서 깨웠습니다. 나는 당나귀 때문에 몹시 놀랐지만, 왜 그런지 그 당나귀가 귀여워 보였어요. 그와 동시에 내 머릿속의 모든 것이 맑은 하늘처럼 활짝 개었지요.」

「당나귀라고요? 거참, 이상하네.」 장군 부인이 한마디 했다.

「그때부터 난 당나귀를 사랑하게 됐어요. (……) 그때 당나귀는 가장 유용한 짐승이라는 것을 확신하게 됐어요. 왜냐하면 당나귀는 일도 잘하고, 힘도 세고, 참을성 많고, 값도 싸고, 또 타고 다닐 수도 있기 때문이지요. 이 당나귀 때문에 갑자기 스위스 전체가 사랑스러워졌고, 예전의 울적함도 사라져 버렸습니다.」

『백치』 제1부 제5장

주인공 미시킨이 예판친 장군의 부인과 딸들에게 자신의 과거를 들려주는 대목. 이 에피소드 속의 당나귀만 가지고서 연구자들은 여러 편의 논문을 썼다. 나귀와 그리스도교, 특히 아시시의 성 프란치스코와의 관련성이 주로 논문에서 다루어지곤 한다. 그러나 그런 지식 없이도 이 대목은 어쩐지 편안한 느낌을 준다. 낯선 동네에 처음 온 주인공, 의지할 곳도, 아는 이도 없고 몸에는 병까지 있다. 그런데 불현듯 동물의 울음소리가 들려온다. 주인공은 우스꽝스럽지만 어딘지 귀엽고, 끙끙대며 울어 대는 이 짐승에게서 자신의 모습을 본다. 그러는 동안 자신의 불안이 조금씩 치유됨을 느낀다. 왠지 모르게 공감이 된다.

「태양은 화려하게 빛나고, 하늘은 푸르렀고, 무서운 정적이 흘렀지요. 바로 그럴 때면 나는 어디론가 떠나 보고 싶은 마음이 생겼어요. 만약 거기서 똑바로 계속 걸어 나가 오랫동안 가다가 하늘과 땅이 맞닿는 지평선 너머에 도달한다면 거기에서 모든 수수께끼가 한 번에 확 풀리고, 우리가 이승에서 누리는 삶보다 천 배나 강렬하고 소란스러운 새로운 삶을 볼 것 같았어요. 나는 나폴리 같은 대도시를 꿈꾸어 왔었지요. 그곳은 온통 궁전과 요란한 소음과 활기찬 삶으로 꽉 차 있을 거라고 생각했어요……. 그렇게 꿈꾸어 본 것이 적지 않았습니다. 그 후에 나는 감옥에서도 거대한 삶을 영위할 수 있을 거라는 생각을 하게 되었지요.」

『백치』 제1부 제5장

감옥에서도 거대한 삶을 영위할 수 있고 호화로운 궁궐에서도 좁은 삶을 영위할 수 있다. 우리 마음의 시야에는 한계가 없다. 실제의 공간은 마음의 눈에 맞추어 확장되기도 하고 축소되기도 한다. 현실 속에서 아주 작은 것을 볼 수 있는 눈은 상상 속에서 무한의 것을 본다. 기쁨의 시선이란 그런 것이다.

「내가 아는 그 죄수는 앞에서 여덟 번째로 서 있었고, 세 번째 처형을 기다리고 있었지요. 신부가 십자가를 들고 모든 죄수들 앞을 돌아다녔습니다. 그에게 목숨이 붙어 있을 시간은 5분 정도밖에 없었던 거지요. 이 5분이 그에게 있어서는 무한대의 시간이고 엄청난 재산처럼 여겨졌다고 그는 술회했어요. 그는 이 5분 동안 많은 삶을 살 수 있을 것 같은 느낌이 들어서 그게 마지막 순간이라는 생각은 하지도 못했다고 했습니다. 그는 남아 있는 5분 동안에 해야 될 일을 정리했던 거지요. 우선 동료들과의 작별에 2분을 할당하고, 마지막으로 자기 자신을 성찰해 보는 데 2분, 그리고 나머지 시간은 마지막으로 주변을 둘러보는 데 할당했답니다. 그는 이 세 가지 결정을 시간에 맞춰 그대로 실행에 옮겼던 일을 아직도 생생히 기억하고 있어요. (……) 나는 지금 존재하며 살고 있다. 하지만 3분 후면 무언가 다른 존재로 변할 것이다. 그 존재가 생명체인지 비생명체인지는 모른다. 생명체라면 도대체 어떤 존재가 될까? 그리고 어디에서 살게 될까? 그는 이 모든 것을 2분 동안에 다 생각해 보려 했던 것입니다! 멀지 않은 곳에 교회당이 있었고, 그 교회의 황금빛 용마루는 태양빛에 이글거렸습니다. 그는 눈부시게 이글거리는 그 교회 꼭대기를 뚫어져라 쳐다보았다고 했습니다. 그 빛에서 시선을 뗄 수 없었지요. 그는 〈저 빛이야말로 나의 새로운 자연이다. 3분 후에 나는 저 빛과 융

합될 것이다〉라고 생각했습니다. 앞으로 다가올 새로운 것에 대한 혐오감과 불투명성은 실로 무섭기 짝이 없었습니다. 그렇지만 이 순간 그에게 가장 괴로웠던 것은 〈만약에 이대로 죽지 않는다면 어떻게 되나?〉 하는 생각이 끊임없이 머릿속에서 떠오르는 것이었습니다. 〈만약 내가 죽지 않는다면 어떻게 될까? 만약 생명을 다시 찾는다면……. 그것이 영원이 아닐까! 그럼 이 모든 것이 나의 것이 된다! 그때 나는 매 순간을 1세기로 연장시켜 아무것도 잃지 않고, 1분 1초라도 정확히 계산해 두어 결코 헛되이 낭비하지 않으리라!〉」

『백치』 제1부 제5장

　『백치』에서 가장 유명한 대목 중 하나. 도스토옙스키가 형 집행을 기다리며 느낀 심정을 그대로 옮겨 적은 듯하다. 평범한 인간이 매 순간을 1세기처럼 풍요롭게 산다는 것은 불가능한 일이다. 그러기 위해 노력한다는 생각만 해도 벌써 피곤해진다. 그러나 앞으로 남은 생애에서 우리가 단 한 순간일망정 영원처럼 살 수 있다면 큰 위로를 얻을 수 있을 것 같다. 게으름으로 인해, 어리석음으로 인해 낭비해 버린, 잃어버린 그 수없이 많은 시간을 안타까워하고 스스로를 자책하는 마음을 조금 덜 가져도 될 테니까. 아니 여기서 중요한 것은 실제로 우리가 한순간을 영원처럼 사는 것이 아니다. 우리가 할 수 있는 것은 〈순간을 영원처럼 살기〉가 무엇을 의미하는가를 알아차리는 일이다. 그렇게 하기만 해도 우리는 어마어마한 기쁨을 느끼게 될 것이다.

「한 시간이 지나 여관으로 되돌아가는 길에 젖먹이를 안고 있는 한 아낙네와 마주쳤네. 그 아낙네는 아직 젊었고, 젖먹이는 세상에 나온 지 이제 6주 정도밖에 안 돼 보였어. 그 아이는 태어나서 처음으로 웃었지. 이때 아기 엄마가 갑자기 아주 근엄하게 성호를 긋더라고. 〈젊은 부인, 왜 그러는 거요?〉 하고 물었어. (나는 그때 모든 것을 꼬치꼬치 묻던 버릇이 있었지.) 그녀가 이렇게 대답을 하더군. 〈아이가 처음으로 웃는 것을 본 어머니의 기쁨이란 죄인이 진심을 털어놓고 신 앞에 기도를 드리는 것을 저 하늘에서 신이 내려다보시고 크게 기뻐하는 것과 똑같은 일이에요.〉 이 아낙네가 나에게 한 말은 그리스도교의 모든 본질이 한데 표현되어 있는 진정으로 섬세한 종교 사상이었네. 말하자면 자기 자식을 바라보는 아버지처럼 인간을 바라보며 기뻐하는 하늘에 계신 아버지의 모습을 신 안에서 발견한 거지. 그것도 단순한 아낙네가! 그거야말로 그리스도의 가장 중요한 사상이지!」

『백치』 제2부 제4장

이 광경의 핵심어는 웃음과 기쁨이다. 부모라면, 아니, 그냥 갓난 아기를 본 적이 있는 사람이라면 누구라도 배시시 웃는 아기가 주는 그 형언할 수 없는 기쁨이 어떤 것인지 알 것이다. 아이가 조금 커서 까르르거리고 낄낄거리고, 별것도 아닌 일에 배꼽을 잡으며 웃는 것을 볼 때, 우리는 천국을 경험한다.

행복은 과연 어디에 있는 것일까? 모두들 확신하리라고 믿지만, 콜럼버스가 행복을 느꼈던 것은 그가 미 대륙을 발견했을 때가 아니라, 발견하려고 시도했을 때였다. 틀림없이 그의 행복이 절정에 다다랐던 순간은 신세계를 발견하기 정확히 3일 전이었으며, 절망에 젖은 승무원들이 유럽으로 뱃머리를 되돌리려던 찰나였으리라! 신대륙이 나타나지 않는다 하더라도 문제는 신세계에 있는 것이 아니다. 콜럼버스는 신세계를 거의 보지 못하고, 자신이 실제로 무엇을 발견했는지조차 모른 채 죽어 버렸다. 문제는 삶에 있다. 오로지 한 가지 삶에 있는 것이다. 문제는 끊임없이 그 삶을 추구하는 데 있지, 그 삶을 발견하는 데 있는 것이 아니다!

『백치』 제3부 제5장

인간은 집요하게 끊임없이 확실성을 추구한다. 삶이 갖는 그 불확실성을 견딜 수가 없어서다. 그러나 확실성이 〈확실하게〉 드러나는 순간 인간 실존의 그 〈인간다움〉은 무너진다. 인간의 행복은 아직 삶이 진행 중이라는 바로 그 사실에 있다.

「어떤 형식이든 간에 자네의 씨앗을 뿌리고 자네의 〈자선과 선행〉을 베푼다는 것은 자네 개성의 일부를 타인에게 내주는 동시에 타인 개성의 일부를 받아들이는 걸세. 자네는 상호 교류하고 있는 거라네. 타인에게 조금만 더 관심을 기울여 준다면 자네에게 가는 보상은 가장 예기치 않았던 발견이 될 걸세. 그것은 단순한 지식이 아니라네. 결국 자네는 과학을 바라보듯이 자네의 행위를 바라보게 될 걸세. 그것이 자네의 모든 삶을 휘어잡아 삶 전체를 가득 채울 수 있게 되는 거지. 다른 한편으로 자네의 모든 사상, 자네가 던진 모든 씨앗들, 그것들은 자네에게서 이미 잊혔을지 모르지만, 아마도 형체를 얻어 쑥쑥 자라나게 될 거라네. 자네에게서 베풂을 받은 자는 제3자에게 그대로 베풂을 전해 주기 때문이라네.」

『백치』제3부 제6장

나눔과 베풂은 나누고 베푸는 주체에게 기쁨을 선사한다. 이 기쁨이 사실상 문제다. 불우한 이웃에게 적선이라도 하듯 몇 푼 주고 나서 베풂의 기쁨을 만끽한다면 그것은 부도덕한 일이다. 선행은 자신의 심리와 싸워 가며 실천해야 하는 어떤 것이다. 대(大)그레고리오 성인의 말이 생각난다. 〈가난한 이들에게 꼭 필요한 물건을 줄 때 우리는 그들에게 우리의 것을 선물로 베풀어 주는 것이 아니라 그들의 것을 돌려주는 것입니다.〉(2011년 12월 25일 『서울주보』)

「5초나 6초 정도 그 모든 것이 단번에 찾아오는 그런 순간이 있네. 그러면 갑자기 완전히 달성된 영원한 조화의 존재를 느끼게 된다네. 그것은 지상의 것이 아니야. 그렇다고 천상의 것이라는 의미가 아니라, 인간이 지상의 모습으로는 견뎌 낼 수 없는 그런 것이라네. 육체적인 변화를 겪거나 죽어야만 하지. 이 감정은 선명하고 논쟁의 여지가 없어. 그건 마치 전 자연을 갑자기 지각하고서, 갑자기 〈그래, 이것이 진실이다〉라고 말하는 것과 같아. 세상을 창조한 신은 창조의 날이 끝날 때마다 〈그래, 이것이 진실이며, 이것이 훌륭하다〉라고 말씀하셨지. 이것은…… 이것은 감격이 아니라, 그냥 기쁨일 뿐이야. 아무것도 용서하지 않게 돼. 왜냐하면 용서할 게 없기 때문이지. 사랑하는 것도 아니야. 오, 이것은 사랑 이상의 것이거든! 무엇보다 두려운 것은, 이것이 무서울 정도로 선명하고 너무나 큰 기쁨이라는 거야.」

(……)

「조심하게. 키릴로프, 나는 간질이 바로 그렇게 시작된다는 말을 들은 적이 있네.」

『악령』 제3부 제5장

도스토옙스키는 간질 환자였기 때문에 병변을 누구보다도 잘 알고 있었다. 키릴로프가 설명하는 기쁨은 간질로 인한 뇌의 기이한 활동과 득도의 순간이 마주하는 아주 특별한 체험이다. 사실상 이런 기쁨은 위험하기까지 하다. 지상에서의 삶은 사랑과 용서를 넘어설 수

없다. 사랑과 용서를 초극하는 기쁨은 최소의 경우 질병이고 최대의
경우 악이다.

특히 신경이 예민한 사람이 열병에 걸려 있을 때 차가운 곳에서 따뜻한 곳으로 갑작스럽게 자리를 옮기면 항상 있는 일이지만, 짧고 단속적으로 등을 타고 흘러내리는 심한 오한조차 지금은 갑자기 이상할 정도로 기분 좋게 느껴졌다. 그가 고개를 들자 여주인이 난로 앞에서 열심히 굽고 있는 뜨거운 블린의 달콤한 냄새가 후각을 간지럽혔다. 그는 어린애 같은 미소를 지으며 여주인을 향해 몸을 내밀고 갑자기 중얼거리기 시작했다.

「그건 뭔가요? 블린이오? 그런데…… 거참 근사하군요.」

(……)

큼직한 푸른 무늬가 그려져 있는 큰 접시 위에 블린이 담겨 나왔다. 밀가루가 반쯤 섞인 반죽에 두께가 얇고 위에는 뜨겁고 신선한 버터를 끼얹은, 가장 맛있기로 유명한 시골식 블린이었다. 스테판 트로피모비치는 크게 기뻐하며 맛을 보았다.

『악령』 제3부 제7장

방랑길에 오른 늙은 자유주의자 스테판이 주막에 들러 블린을 먹는 장면. 스테판은 많은 대목에서 도스토옙스키를 대변한다. 블린은 민중에서부터 귀족까지 누구나 좋아하는 러시아 국민 음식이다. 평생 지적인 허세 속에서 살아온 인간이 허세를 버렸을 때 본질에 대한 감각이 되살아난다. 그가 블린을 먹으며 경험하는 열락은 본질로의 회귀를 미각적으로 표현한 것이다.

「혹시 보드카를 드시고 싶으신가요, 나리?」

「바로 그거요, 바로 그거, 약간, 아주 조금만.」

「5코페이카어치 정도면 되겠요?」

「그래요, 5코페이카, 5코페이카, 5코페이카, 5코페이카어치, 아주 조금이면 돼요.」스테판 트로피모비치는 행복한 미소를 지으며 맞장구쳤다.

(……)

3~4분도 채 지나지 않아(술집은 바로 옆에 있었다) 스테판 트로피모비치 앞 식탁 위에 술 반병과 커다란 녹색 술잔이 나타났다.

「이게 다 내 거라니!」그는 엄청 놀랐다. 「우리 집에는 항상 보드카가 있었지만, 5코페이카가 이렇게 많은 양일 줄은 전혀 몰랐소.」

『악령』 제3부 제7장

스테판이 지상에서 보내는 마지막 나날들은 〈5코페이카어치〉 보드카로 인해 잔치가 된다. 문제는 보드카의 양이 아니다. 5코페이카어치의 보드카를 많은 양으로 받아들이는 스테판의 태도도 사실은 문제가 아니다. 스테판은 지금 다른 차원으로 건너가는 경계선에 거의 도달해 있다. 거기 도달한 사람만이 느끼는 절대적인 기쁨을 말하기 위해 5코페이카어치의 보드카가 등장한 것이다.

도스토옙스키의 「악령」 창작 노트.

「나보다 무한히 정당하고 행복한 무언가가 존재한다는 변함없는 생각이 무한의 감동과 영광으로 이미 나를 가득 채우고 있습니다. 오, 내가 누구든, 내가 무슨 일을 했든 말입니다! 모두를 위한, 그리고 모든 것을 위한 이미 완전하고 평온한 행복이 어딘가에 있다는 것을 알고, 매 순간 그것을 믿는 것이 인간에게는 자신의 행복보다 훨씬 더 필요합니다……. 인간 존재의 전체 법칙은 인간이 언제나 무한히 위대한 존재 앞에 무릎을 꿇을 수 있게 하는 것으로 귀착됩니다. 만약 사람들에게서 무한히 위대한 존재를 빼앗아 버린다면, 그들은 살지 못하고 결국 절망 속에서 죽게 될 것입니다. 무한하면서도 영원한 존재는 인간이 거주하고 있는 이 작은 행성만큼이나 그들에게 필요합니다……. 나의 친구들, 나의 모든 친구들이여, 위대한 사상 만세! 영원하고 무한한 사상이여! 인간이라면 누구든지 이 위대한 사상 앞에 무릎을 꿇어야 합니다. 가장 어리석은 인간에게도 뭔가 위대한 것은 필요합니다. 페트루샤…… 오, 나는 정말 그들 모두를 다시 보고 싶군요! 그들은 모르고 있어요, 자기들 안에도 바로 그 영원하고 위대한 사상이 들어 있다는 것을 모르고 있습니다!」

『악령』 제3부 제7장

스테판이 임종을 앞두고 하는 말. 거의 도스토옙스키 자신의 말처럼 들린다. 인간의 실존 저 너머에 있는 끝없이 넓고 깊은 어떤 것을 인정할 때 한없는 기쁨이 우리에게 내려온다. 무한 앞에서 우리 자신이 미물임을 인정하는 순간 묵종은 절대적인 기쁨으로 치환된다.

「늙은이라는 것은 그저 행복한 기분에 싸여서 이 세상
에서 물러나야 해. 그런데 불평을 잔뜩 늘어놓으며 불만
을 품고 죽음을 맞는다면 그것은 커다란 죄지. 그러나 정
신적인 기쁨 때문에 이 세상의 삶에 애착을 느끼는 것이
라면, 설사 늙은이라도 아마 하느님이 용서하시리라고
생각한다. 사람이 짓는 모든 죄에 대해서 어느 것은 죄고
어느 것은 아니라고 판단하기가 어려우니 말이지. 바로
거기에 인간의 지혜가 미치지 못하는 비밀이 있어. 늙은
이라는 것은 언제나 만족하며 살아야 한다. 그리고 자신
의 지혜가 전성기에 있을 때 죽어야 하며, 하루하루를 만
족한 기분으로 보내야 해. 그리고 곡식 이삭이 단 속으로
들어가듯이 기쁨에 충만한 채 마지막 숨을 거두고, 자신
의 신비한 사명을 다했다는 더없는 행복감에 싸여서 이
세상을 떠나야 하는 거지.」

『미성년』 제3부 제1장

마카르 노인이 아르카디에게 하는 말. 지주에게 부인을 빼앗기고
여생을 방랑하는 순례객으로 보낸 노인이 가장 이상적인 죽음에 관
해, 노년에 관해 말하고 있다. 죽음은 우리가 선택할 수 있는 문제가
아니다. 지혜가 전성기에 있을 때 세상을 하직하는 것 역시 우리가
선택할 수 있는 게 아니다. 그래도 하루하루를 기쁘게 보내기 위해
우리가 할 수 있는 일이 무엇인지 찾아볼 수는 있다.

〈그런데 의사 선생님, 이 세상에서 하루 정도는 더 살 수 있을까요?〉 하고 농담도 곧잘 나누었습니다. 〈하루가 뭔가, 여러 날이지〉 하고 의사 선생님도 지지 않고 응수하셨습니다. 〈아니, 여러 달, 여러 해는 더 살 수 있을 걸세.〉〈여러 해, 여러 달이라뇨!〉 그렇게 외치곤 했습니다. 〈그런데 왜 그렇게 날짜를 계산하는 건가요? 온갖 행복을 맛보는 데에 인간에겐 하루면 충분할 텐데.〉

『카라마조프 씨네 형제들』 제2부 제6권

불치병을 앓고 있는 조시마 장로의 형이 의사와 나누는 대화. 여기서 날과 달과 해는 시간의 개념이 아니다. 〈하루〉라는 것도 24시간으로 이루어진 시간의 단위가 아니다. 하루는 인간이 누릴 수 있는 행복의 절대치를 시간으로 환산해서 표현하는 은유다. 행복은 쌓여서 만들어지는 것도 아니고 영원히 지속되는 것도 아니다. 인간은 하루 동안 기쁨을 향유한다. 그리고 다음 날이 된다. 다음 날 있는 것 역시 하루치의 기쁨이다.

과거의 슬픔은 인간 생활의 위대한 비밀에 의해 조금씩 고요하고 감동적인 기쁨으로 변합니다. 피 끓는 젊음 대신에 온화하고 찬란한 노년이 열리기 때문입니다. 나는 매일 아침 떠오르는 태양을 축복하고 나의 가슴은 예전처럼 태양을 찬미하는 노래를 부르지만 이제는 일몰을, 비스듬히 내리쬐는 햇살을, 그리고 그 햇살과 더불어 고요하고 온화하며 감동적인 추억을, 축복받은 긴 인생 속에서 떠오르는 보고픈 사람들의 모습을 더욱 사랑하게 됩니다. 그러나 그 모든 것에는 사람들을 감동시키고 화해시키며 용서하시는 하느님의 진리가 필수적인 것입니다! 나의 생명은 끝나고 있으며, 나는 그것을 알고 있고 또 그 소리를 듣고 있습니다. 하지만 남아 있는 나날 동안 나는 매일매일 마치 지상에서의 나의 삶이 영원하며 말로 이루 다 표현할 수 없는 가까운 미래의 새로운 삶과 이미 연결되어 있는 것 같은 느낌이 듭니다. 새로운 삶에 대한 예감으로 나의 영혼은 환희에 떨며, 지성은 빛을 발하고, 가슴은 기쁨의 눈물을 흘리는 것입니다……

『카라마조프 씨네 형제들』 제2부 제6권

임종을 앞둔 노수도사가 후배 수도사들에게 하는 말. 어떻게 나이 먹을 것인가에 대한 가장 훌륭한 대답이자 축복받은 노년에 대한 이상적인 기술이다. 그러나 반드시 노년기에 이른 사람이 아니더라도 매일매일을 새로운 삶에 대한 예감으로 살 수 있다면 그것이야말로 인간이 누릴 수 있는 최대의 기쁨이 아닐까 싶다.

알료샤는 현관 계단에서도 걸음을 멈추지 않고 빠른 속도로 계단을 내려갔다. 환희로 충만한 그의 영혼은 자유와 공간과 광활함을 열망했던 것이다. 그의 머리 위에 고요히 빛나는 별들로 가득 찬 창공이 무한히 광활하게 펼쳐져 있었다. 아직은 희미한 은하수가 밤하늘 한가운데에서 지평선까지 흩어져 있었다. 땅 위에는 아무런 움직임도 없이 고요하고 신선한 밤이 드리워져 있었다. 성당의 하얀 탑과 황금빛 꼭대기가 루비빛 하늘을 배경으로 반짝였다. 집 곁 정원에 핀 화려한 가을의 꽃들은 아침녘까지 잠들었다. 지상의 고요가 하늘의 그것과 융합하는 듯했고, 지상의 신비가 별들의 그것과 서로 맞닿는 듯했다……. 고목이 쓰러지듯 알료샤는 제자리에 서서 그것을 바라보다가 별안간 대지 위에 몸을 던졌다.

그는 무엇 때문에 대지를 포옹했는지 알지 못했으며, 어째서 대지에, 그 대지 전체에 그토록 입을 맞추고 싶어 했는지 이유를 알 수 없었지만 눈물을 흘리고 오열을 하면서 그리고 눈물로 대지를 적시며 입을 맞추었고 대지를 사랑하겠노라, 영원히 사랑하겠노라 굳게 맹세했다.

『카라마조프 씨네 형제들』 제3부 제7권

알료샤에게 찾아온 황홀경의 순간. 내가 개인적으로 가장 좋아하는 구절 중의 하나라서 이 책에 수록했다. 지상의 신비와 천상의 신비가 맞닿아 있음을 감각으로 체험하는 것을 종교학자들은 대개 회심이라 부른다. 보통 사람이 회심 같은 거대한 사건을 겪을 수는 없겠지만 회심에 대한 스토리를 읽는 것만으로도 큰 감동을 느낄 수 있다. 소설을 읽는 이유 중의 하나다.

〈갈릴래아 가나는 첫 번째 기적이거든……. 아아, 기적, 아아, 그건 정말 놀라운 기적이야! 그리스도께서는 최초로 기적을 행하실 때 슬픔이 있는 곳이 아니라 기쁨이 있는 곳을 찾아 주셨고 인간의 기쁜 일을 도와주신거야……《사람들을 사랑하는 자는 그들의 기쁨도 사랑하는 법이니라…….》이건 돌아가신 장로님께서 늘 하시던 말씀이야. 그분의 가장 중요한 사상 중의 하나였지……. 기쁨이 없으면 결코 살아갈 수 없다고 미탸 형님도 말했고…….〉

『카라마조프 씨네 형제들』 제3부 제7권

조시마 장로의 관 앞에서 밤샘 기도를 하고 있는 알료샤에게 수도사가 읽는 「요한의 복음서」의 〈갈릴래아의 가나〉 부분이 들려온다. 알료샤는 가슴속이 무언가로 충만되어 터지는 듯한 느낌을 받는다. 아버지처럼 사랑하던 장로의 죽음으로 인해 상실의 심연으로 떨어진 그의 영혼에서 환희의 눈물이 쏟아진다. 장로의 죽음이 아닌 장로가 가르쳤던 기쁨의 삶이 그를 사로잡는다. 가난한 마을, 초라한 결혼식, 그리스도의 기적 덕분에 넉넉하게 흘러넘치는 술, 기뻐하는 하객들. 타인의 기쁨을 축복해 줄 수 있을 때 우리의 삶도 잔치가 된다. 단, 그것은 우리 자신이 기쁠 때에만 가능하다. 우리가 갖지 못한 것을 남에게 줄 수는 없으니까.

「오, 그래, 우리들은 쇠사슬에 묶일 것이고, 자유를 잃게 될 거야. 하지만 그때, 그 위대한 비애 속에 우리들은 인간이 살아가는 동안 반드시 필요한 기쁨 속에서 다시 태어날 거야. 하느님도 존재하겠지. 기쁨을 주시는 분은 하느님이시고, 그건 그분의 위대한 특권이니까……. 오오, 인간들아, 기도 속에서 화합할지어다! 내가 지하에서 하느님을 영접하지 않고 어떻게 지낼 수 있겠니? 라키틴은 우리가 그분을 지상에서 내쫓으면 지하에서 만나게 될 거라고 거짓말을 했어! 유형수는 하느님 없이는 살 수 없는 거야. 유형수가 아니더라도 마찬가지지! 그래서 우리 같은 지하 인간들은 땅속 깊은 곳에서 기쁨을 소유하신 하느님께 비극적인 찬미가를 바치게 될 거야! 하느님과 기쁨에 영광이 함께하소서! 나는 그분을 사랑하고 있단다!」

『카라마조프 씨네 형제들』 제4부 제11권

감옥에서 재판을 기다리며 드미트리가 알료샤에게 하는 말. 불안과 초조 속에서 그가 열에 들뜬 듯이 반복하는 단어는 〈기쁨〉이다. 유배 가능성이 농후한 상황에서 기쁨이 가능할까. 삶은 평면이 아닌 입체이기 때문에 가능하다. 유형수에게 기쁨은 가능할 뿐 아니라 필요한 어떤 것이다. 기쁨은 신의 위대한 특권이자 인간의 위대한 의무이기 때문에 가능하다.

「사람들은 인생이 줄 수 있는 모든 것을 인생에서 얻기 위해서, 그러나 오직 현세에서의 행복과 기쁨을 얻기 위해서만 하나로 결합하게 되지. 그러면 인간은 거대한 신적 자존심으로 위대해질 것이며, 인신(人神)이 등장하는 거야. 인간은 시시각각 자신의 의지와 과학으로 무한히 자연을 정복하면서 그때마다 그로 인해 커다란 희열을 얻을 것이기 때문에 그것은 천국의 희열에 대한 과거의 희망을 보상해 줄 수도 있겠지. 사람들은 모두 인간이 죽으면 다시 부활하지 못하는 존재라는 것을 알고 있으므로 하느님처럼 당당하고 조용하게 죽음을 받아들이게 될 거야.」

『카라마조프 씨네 형제들』 제4부 제11권

이반의 꿈속에 등장한 악마가 현세의 기쁨을 설명하는 대목. 무신론, 과학 만능주의, 그리고 초월성이 제거된 휴머니즘이 구축할 행복한 사회의 청사진을 보여 준다. 차분하고 논리적이고 이지적인 설명이다. 앞에 나온 알료샤의 황홀경이나 드미트리의 기쁨 예찬과 비교해서 읽어 볼 필요가 있겠다.

# 200

「이제 우리들은 한평생 우리가 어떤 중대한 일을 하게 되더라도, 어떠한 존경을 받게 되더라도, 아니면 설혹 커다란 불행에 빠지게 되더라도, 그러니까 언제 어디서 무슨 일을 하게 되더라도, 그 소년을 기억하면서 우리가 이 마을에서 아름답고 착한 감정으로 혼연일체가 되어 그 가엾은 소년을 사랑했으며 아주 행복한 시절을 보냈었다는 사실을 절대 잊지 말기로 합시다. 그 가엾은 소년에게 사랑의 손길을 뻗었을 때 가질 수 있었던 아름답고 선한 감정 덕분에 우리는 한결 더 훌륭한 인간으로 성장할 수 있었으니까요. (……) 어쩌면 우리는 악당이 될지도 모릅니다. 나쁜 일을 피하지 못할지도 모릅니다. 엄숙한 인간의 눈물마저 조소하게 될지 모릅니다. (……) 물론, 그런 사람이 되어서는 안 되겠지만, 설령 그런 악한이 된다고 하더라도, 가장 냉소적이고 잔인한 인간이 된다고 하더라도 우리가 이렇게 함께 모여 일류샤를 묻어 준 일과, 그가 죽기 전에 베풀었던 사랑과, 이렇게 큰 바위 옆에서 우의를 나누던 일을 기억한다면 우리는 최소한 이 순간만은 착하고 훌륭한 인간이었다는 사실을 내심으로도 비웃지 못할 겁니다. 또한 아름다운 이 추억이 우리를 커다란 악으로부터 지켜 줄 겁니다. 그리고 지난날을 회상하면서, 〈그래, 나는 그때 착하고 용감했으며 명예로운 사람이었어〉라고 스스로에게 말할 겁니다.」

『카라마조프 씨네 형제들』, 에필로그

알료샤가 질병과 가난 속에서 죽은 소년을 기리며 동네 아이들에게 하는 말. 아이들은 언제 어떤 상황에서도 재미를 찾아내고 놀이를 하고 깔깔거릴 수 있는 신기한 존재들이다. 어린 시절의 행복했던 순간에 대한 기억 하나가 과연 우리의 삶을 충만케 해줄 수 있을까. 도스토옙스키가 가장 사랑했던 요한복음의 한 구절이 그 답이 될 것 같다. 〈진실로 진실로 너희에게 말한다. 밀알 하나가 땅에 떨어져 죽지 않으면 한 알 그대로 남고 죽으면 많은 열매를 맺는다.〉

병든 일류샤의 침상에서.
드미트리 카르도프스키, 1932년.

지은이 **석영중** 1959년 서울에서 태어났다. 고려대학교 노어노문학과를 졸업하고 미국 오하이오 주립대학교 슬라브어문과에서 문학박사 학위를 받았다. 1991년부터 현재까지 고려대학교 노어노문학과 교수로 재직하면서 지속적으로 도스토옙스키 강의를 해왔다. 한국러시아문학회 회장과 한국슬라브학회의 회장을 역임했다. 저서로『매핑 도스토옙스키: 대문호의 공간을 다시 여행하다』,『인간 만세: 도스토옙스키의〈카라마조프가의 형제〉읽기』,『자유: 도스토예프스키에게 배우다』,『도스토예프스키, 돈을 위해 펜을 들다』,『톨스토이, 도덕에 미치다』,『러시아 문학의 맛있는 코드』등이 있으며, 역서로는 도스토옙스키의『분신』,『가난한 사람들』,『백야 외』(공역), 톨스토이의『이반 일리치의 죽음·광인의 수기』(공역), 푸시킨의『예브게니 오네긴』,『대위의 딸』, 체호프의『지루한 이야기』, 자먀틴의『우리들』, 스트루가츠키 형제의『세상이 끝날 때까지 아직 10억년』등이 있다. 푸시킨 작품집 번역에 대한 공로로 1999년 러시아정부로부터 푸시킨 메달을, 2000년 한국백상출판문화상 번역상을 받았다. 2018년 고려대학교 교우회 학술상을 수상했다.

## 도스토옙스키의 명장면 200

발행일   2021년 10월 30일 초판 1쇄

지은이   석영중
발행인   홍예빈·홍유진
발행처   주식회사 열린책들

경기도 파주시 문발로 253 파주출판도시
전화 031-955-4000  팩스 031-955-4004
www.openbooks.co.kr